はぐれ長屋の用心棒

長屋の花を散らすな

鳥羽亮

双葉文庫

目次

長屋の花を散らすな　はぐれ長屋の用心棒

第一章　長屋の噂

一

「すっかり雨が、あがったようだな」

華町《はなまち》源九郎《げんくろう》が、戸口の腰高障子に目をむけてつぶやいた。

少し前まで、長屋の屋根を打つ雨音が聞こえていたが、軒先からときおり落ちる雨垂れの音に変わっている。

その雨垂れの音に混じって、ピシャピシャとぬかるみを歩く足音がした。誰か、戸口に近付いてくるようだ。

……菅井《すがい》だな。

源九郎がつぶやいた。

その足音には、聞き覚えがあった。長屋に住む菅井紋太夫《もんだゆう》である。菅井は源九郎と同様、本所相生町《ほんじょあいおいちょう》一丁目にある伝兵衛店《でんべえだな》と呼ばれる長屋に住んでいた。やはり、源九郎と同じように男の独り暮らしである。

源九郎の生業《なりわい》は、傘張りだった。ただ、源九郎は熱心に仕事に取り組まず、傘張りはあまり金にもならなかったので、家を継いだ倅《せがれ》の俊之介《しゅんのすけ》からの合力《ごうりき》で何とか暮らしていた。

一方、菅井の生業は、大道芸だった。ふだん、両国広小路《りょうごくひろこうじ》で居合抜きを観せて投げ銭を得て、暮らしをたてている。今日は朝から雨だったので、居合抜きの見世物には行かず、長屋に残ったようだ。

それに、菅井は将棋好きだった。雨のため、居合抜きの見世物に出られないときは、源九郎の家に将棋を指しによく来るのだ。

……それにしても、妙だな。

源九郎は、すこし冷たくなった湯飲みを手にしたままつぶやいた。今日は、朝から雨だったが、一刻《いっとき》（二時間）ほど前に雨はやんでいた。今から両国広小路に出掛けても遅くない。

長屋のある本所相生町から、両国広小路までは近かった。大川《おおかわ》にかかる両国橋を渡ればすぐである。

　足音は戸口でとまり、

「華町はいるか」

　と、腰高障子の向こうで菅井の声がした。

「いるぞ、入ってくれ」

　源九郎が声をかけた。

　すぐに腰高障子が開き、菅井が姿を見せた。菅井は手ぶらだった。将棋盤を持っていない。どうやら、将棋を指しに来たのではないようだ。何かあったらしく、浮かぬ顔をしている。

「菅井、何かあったのか」

　源九郎が、立ち上がって訊《き》いた。

「ああ……。長屋の女房連中が、井戸端で話しているのを耳にしてな。気になって、仕事に行く気にもなれなかったのだ」

　菅井は眉《まゆ》を寄せてそう言うと、「上がらせてもらうぞ」とつぶやき、勝手に座敷に上がってきた。そして、源九郎の近くに腰を下ろし、

「華町、長屋に住むおしのとおせんのことを耳にしているか」

と、つぶやくような声で訊いた。

「そういえば、ここ一月《ひとつき》ほど、おしのとおせんの顔を見てないが、ふたりの身に何かあったのか」

源九郎が首を傾げて菅井に訊いた。おしのとおせんは長屋に住む娘で、ふたりとも歳は十四、五だった。器量よしで知られ、長屋の独り者の若い衆たちは、ふたりの気を引くために話しかけたり、なかにはひそかに贈り物をしたり、逢引《あいびき》に誘ったりする者もいるようだ。

「ふたりとも、二十日《はつか》ほど前に長屋から姿を消したらしい」

菅井が、声をひそめて言った。

「姿を消しただと！　どういうことだ」

源九郎は、驚いたような顔をして訊いた。

「いや、俺も詳しいことは知らぬ。長屋の女房連中が井戸端で話しているのを耳にしただけなのだ」

「菅井、耳にしたことを話してくれ」

源九郎は同じ長屋に住む者として、おしのとおせんが命にかかわるような災難に遭遇《そうぐう》したのなら、助けてやりたかった。

「姿を消したおしのとおせんを、川向こうの薬研堀《やげんぼり》近くで見た者がいるらしい」

菅井はそう言った後、眉を寄せ、いっとき口をつぐんでいたが、

「薬研堀にかかる元柳橋《もとやなぎばし》のたもと近くで、おしのとおせんは、通りかかった男の袖を引いていたようだ」

と、顔をしかめて言った。

「なに！　男の袖を引いていただと」

思わず、源九郎の声が大きくなった。男の袖を引くとは、売春《ばいしゅん》のことである。

源九郎の胸の内に、おしのとおせんは、まだ子供だという思いがあった。菅井も同じではあるまいか。そのおしのとおせんが、長屋を離れ、薬研堀近くで男の袖を引いていたというのだ。

薬研堀は、源九郎たちの住む伝兵衛店から遠くなかった。ただ、大川を隔《へだ》てた川向こうにあった。薬研堀に行くためには、大川にかかる両国橋を渡り、賑やかな両国広小路に出て、川沿いの道を川下にむかっていっとき歩くことになる。

薬研堀にかかる橋が元柳橋と呼ばれ、その橋のたもとから堀沿いに、料理屋や料理茶屋などが軒を連ねていた。繁華な地である。なかには女郎屋《じょろうや》のように、女郎をかかえている店もあり、そのことを知っている男たちが、賑やかな広小路か

ら女郎と遊ぶために流れていくのだ。

「そうらしい」

菅井が、渋い顔をしてうなずいた。

「信じられんな。まだうぶな、おしのとおせんが、薬研堀の近くで男の袖を引いているというのか」

源九郎が、念を押すように訊いた。

「俺も、話を聞いたときは、信じられなかったがな。……長屋の井戸に水汲みにいったとき、お熊《くま》とおまつが、井戸端で話しているのを耳にしたのだ」

菅井が言った。

お熊は助造《すけぞう》という日傭取《ひようと》りの女房で、源九郎の家の棟の斜向《はすむ》かいにある家に住んでいる。四十過ぎで、でっぷり太り、話好きだった。長屋の住人の共同の井戸に水汲みに行き、女房連中とお喋りをしているのをよく見掛ける。お熊は人が好《よ》く、思いやりもあった。独り暮らしの源九郎や菅井のことを気遣《きづか》って、よぶんに炊いた飯や菜《さい》を持ってきてくれたりする。

「同じ長屋に住む者として、放っておくわけには、いかないな」

源九郎がつぶやくと、菅井は虚空《こくう》を睨《にら》むように見据《みす》えてうなずいた。菅井も、源九郎と同じ気持ちらしい。

二

源九郎と菅井は家を出ると、長屋の井戸にむかった。まだ、井戸端でお熊や長屋の女房たちが話しているのではないかと思ったのだ。

「いるぞ、お熊たちだ」

菅井が指差して言った。

井戸端で、お熊、おしげ、おまつの三人が、お喋りをしていた。おしげが加わったらしい。おしげとおまつも、長屋の住人だった。亭主たちは仕事に出て、長屋にはいないはずだ。

三人の女の足元に、小桶《こおけ》が置いてあった。どうやら、三人とも水汲みに来て井戸端で顔を合わせ、世間話を始めたらしい。長屋の女房連中は、井戸端で顔を合わせると、お喋りが長くなる。家族に手のかかる幼子《おさなご》でもいれば別だが、亭主たちが仕事に出た後の時間を持て余しているのだ。

源九郎と菅井が井戸端に近付くと、お熊たち三人はお喋りをやめて、ふたりの男に顔をむけた。

「あたしらに、何か用かい」

お熊が、源九郎と菅井に訊いた。三人の女房のなかでは、お熊が年上だった。それに、お熊には姐御肌《あねごはだ》のところがある。

「い、いや、用というわけではないがな。ちと、訊きたいことがあるのだ」

源九郎が声をつまらせて言った。菅井もそうだが、源九郎は長屋の独り暮らしで、女房連中には弱いところがある。

「何だい、訊きたいことって」

お熊が身を乗り出して訊いた。他のふたりの女は源九郎と菅井に顔をむけて、ふたりが喋るのを待っている。

「お熊たちは、おしのとおせんのことを知っているな」

源九郎が、三人の女房に顔をむけて訊いた。

「おしのちゃんとおせんちゃんの噂《うわさ》は、聞いているよ」

お熊が声をひそめて言うと、そばにいたおしげとおまつがうなずいた。三人揃って、顔に不安そうな色を浮かべ、源九郎と菅井を見つめている。

「おしのとおせんは、元柳橋の近くで、男の袖を引いているという話を聞いたのだがな。……お熊たちも、耳にしているか」

源九郎が念を押すように訊くと、お熊がそばにいたおしげとおまつに目をむけ、

「今もね、あたしら三人で、話していたんですよ」

と、声をひそめて言い、おしげとおまつがうなずいた。ふたりとも、まるで自分の娘のことでも話していたように真剣な顔をしている。

「おしのとおせんが自分で家を出て、女郎のように、通りかかった男たちの袖を引くとは、思えんがな」

源九郎が言った。

脇に立っている菅井が、

「ふたりとも、おとなしい娘だったからな」

とつぶやき、首を傾げた。

「あたしらも、おしのちゃんとおせんちゃんが長屋を出て、男の袖を引いてる、と聞いてね。信じられないんだよ」

おしげが言うと、お熊とおまつがうなずいた。

「おしのとおせんの身に、何かあったのかな」

菅井が首を捻《ひね》った。

「ねえ、あたし、おしのちゃんの家に、政吉《まさきち》さんがいるのを見掛けたの。政吉さんに訊いてみる」

おまつが、身を乗り出して言った。

「父親の政吉なら、娘のおしののことは知っているはずだ。……それにしても、政吉は大工の仕事に行かずに、長屋にいるのか」

源九郎が訊いた。政吉は大工だったが、親方ではなく手伝いだった。若いころは、名の知れた親方に仕えていたようだが、今は手伝いのようだ。酒好きで、酔ったまま仕事場に行ったことが親方に知れて、追い出されたらしい。

「政吉さんは、家にいるよ。……あたし、呼んでくる」

そう言って、おまつはその場を離れ、政吉の住む長屋の棟の方に小走りにむかった。

待つまでもなく、おまつが政吉を連れてきた。政吉はおまつに袖を摑《つか》まれ、引っ張られるようにして歩いてくる。

政吉は、井戸端にいる源九郎と菅井を目にすると、戸惑うような顔をして足をとめたが、おまつに袖を引かれて、源九郎たちのそばに来た。

「政吉、今日は仕事に行かないのか」

源九郎が念を押すように訊いた。

「へえ、酒に酔って、馬鹿やっちまって……。親方に追い出されたんでさァ」

政吉が、首をすくめて言った。顔に生彩がなく、頭髪が乱れ、頬《ほお》がこけていた。体が震えている。

「仕事がないのか」

菅井が訊いた。

「へえ……。ほとぼりが冷めたころ、親方の所にいって頭を下げ、また、仕事に使ってもらいやす」

政吉が小声で言った。

「酒は、そこそこにしないとな」

源九郎は、そう言った後、

「ところで、娘のおしのはどうした」

と、政吉を見据えて訊いた。

「………」

政吉は黙っていた。顔がこわばり、体が小刻みに震えている。

「何かあったようだな」

源九郎の双眸《そうぼう》が、刺すようなひかりを宿していた。

源九郎の脇に立っていた菅井も、睨むように政吉を見据えている。

政吉は源九郎と菅井から視線を逸らし、体を震わせているだけで、口を開かなかった。

三

「政吉、薬研堀で何かあったな」

源九郎が、語気を強くして訊いた。

政吉の顔から血の気が引き、体の震えが激しくなってきた。政吉は前に立っている源九郎と菅井に首をすくめるように頭を下げた後、

「りょ、料理屋で酒を飲んで、馬鹿やっちまって……」

と、声を震わせて言った。

「どうしたのだ」

源九郎は、政吉を睨むように見据えて訊いた。若い娘のおしのとおせんが、薬研堀近くで男の袖を引いている原因は、政吉にあるのではないかと思ったのだ。

「薬研堀の近くを通ったとき、若い娘に、今日は客がすくないので安くしとくと

言われて、その気になって……」

政吉はそこまで話して、いっとき間をとってから、

「西川屋《にしかわや》という料理屋に誘われたんでさァ」

と、首をすくめて言った。

「それで、どうした」

源九郎は、よくあることだ、と胸の内で思ったが、そのことは口にせず、話の先をうながした。

「すこし飲むだけなら、いいだろう、と思って……」

政吉は、若い娘と一緒に西川屋に入ったという。

「その日は、思っていたより安く、持っていた金で飲み代が払えたんでさァ。それで、やめとけば良かったんですが……。西川屋で飲んだことが忘れられず、翌日も金になる物を質《しち》に入れたりして工面し、また西川屋に行ったんでさァ」

政吉は、肩を落として溜め息をついた。

「そのときは、金を払えたのか」

源九郎ではなく、菅井が訊いた。

「それが、持ち金が足りなくて、払えなかったんでさァ。……それで、二、三日

のうちに、何とか工面して、足りない分は払いにくる、と言って、その日は帰《けえ》してもらおうと思いやした」

「帰してくれたのか」

菅井が訊いた。

「店の女将《おかみ》らしい年増《としま》に、政吉さんが、器量のいい若い娘と一緒に薬研堀近くで歩いているのを見掛けたが、あの娘は政吉さんの子供ではないか、と訊かれやした。……それで、娘と一緒に薬研堀近くまで来たことがあると話したんでさァ」

「それで、どうした」

菅井が話の先をうながした。

「年増に、娘さんを、ここで働かせる気はないか。すこし働けば、政吉さんの飲み代など、すぐに出るし、一、二年して一人前になれば、働き代として月毎《つきごと》に何両か出してもいい、と言われやした」

「その年増が店の女将らしいが、名を聞いたか」

源九郎が訊いた。

「おれん、という名で……」

「おれんか。……それで、どうした」

源九郎が、話の先をうながした。

「あっしは、迷いやした。おしのはまだ子供だし、いくらなんでも、西川屋のような店で働かせるのは、早すぎると思ったんでさァ」

「確かに、早すぎる」

菅井がつぶやいた。

「あっしが迷っていると、おれんさんに、すぐに客の相手はさせないし、板場の手伝いをしたり、酒と料理を運んだりするだけだ、と言われ、それなら、おしのを西川屋で働かせてもいいかな、と思ったんで……」

政吉は語尾を濁した。若い娘を西川屋のような店で働かせたことを後悔しているのだろう。

「おしのだけでなく、おせんも一緒のようだが、おせんの話も出たのか」

源九郎が訊いた。おせんも、おしのと一緒に元柳橋の近くで男の袖を引いている、と耳にしていたのだ。

「おせんの話も、出やした」

政吉が、困惑したような顔をして話したことによると、その場で、女将のおれんにおしのと一緒にいた娘のことも訊かれ、おせんという名で同じ長屋に住んでいることを喋ったという。

「それで」

源九郎が、話の先をうながした。

「おせんという娘《こ》も、ここで働かせたらどうですかね。一緒なら、ふたりで助け合いながら仕事もできるし、嫌なことも忘れられる、と言われやした。……そう訊かれても、あっしはおせんのことは勝手に言えなかったので、父親の房次郎《ふさじろう》に、おせんを働かせる気はないか、薬研堀にある料理屋だが、俺はおしのをその店で働かせるつもりだ、と話したんでさァ」

政吉が首をすくめて言った。

「それで、どうした」

源九郎に代わって、菅井が訊いた。

「房次郎に、その店は、若い娘に酒と料理を運ばせたりするだけで、一、二年して一人前になれば、働き代として何両か出すらしい、と話すと、房次郎はすぐに承知しやした。……房次郎の家は子供が多いので、おせんが働くようになれば、暮らしが楽になると思ったようで」

「そうか」

源九郎は、同じ長屋に住む房次郎の家族の暮らしぶりも知っていた。政吉が話したとおり、房次郎はその日暮らしの日傭取りながら、子供が四人もいた。男はひとりで、女が三人である。長女のおせんが働くようになれば、暮らしは楽になるだろう。

ただ、働くといっても、金銭を家に持ってくるわけではない。それに、房次郎は自分の娘が家を出て、男の袖を引いて暮らしていると知れば、何とか家に帰ってきてくれ、と思うはずである。

次に口を開く者がなく、その場が重苦しい沈黙につつまれたとき、

「華町、どうする」

と、菅井が小声で訊いた。

「何者か分からないが、西川屋の背後には大物がいるような気がする。……下手に手を出すと、わしらは生きて帰れないぞ」

源九郎が虚空を見据えてつぶやくと、

「仲間たちの手を借りるか」

菅井が言った。

「そうだな。わしと菅井だけでは、荷が重い。仲間たちの手を借りよう」

源九郎たちには、はぐれ長屋の用心棒と呼ばれる七人の仲間がいた。ひとりやふたりの力ではどうにもならない事件にかかわったとき、七人の仲間が集まって、力を合わせて立ち向かうのだ。

「亀楽《きらく》に、集まってもらうか」

源九郎が言った。源九郎たち七人の仲間は大きな事件に関与したとき、亀楽という飲み屋に集まり、事件にどう立ち向かうか相談することにしていたのだ。

亀楽は本所松坂町《まつざかちよう》の回向院《えこういん》の近くにあった。どこにでもある縄暖簾《なわのれん》を出した飲み屋だが、酒代が安く、料理も旨かった。それに、長屋の住人であり、源九郎たちの仲間のひとり平太《へいた》の母親のおしずが店の手伝いをしていることもあって、気兼ねなく飲めるのだ。

四

源九郎と菅井が、長屋のおしのとおせんのことを話した翌日、亀楽に七人の仲間が集まった。

源九郎と菅井、それに、安田十兵衛《やすだじゆうべえ》、孫六《まごろく》、茂次《しげじ》、平太、三太郎《さんたろう》の七人である。七人のことを知る者は、陰ではぐれ長屋の用心棒などと呼んでいた。

源九郎をはじめとする七人の仲間は、牢人やその道から挫折《ざせつ》したはぐれ者が多かったからである。

亀楽の店内には、源九郎たちの他に客の姿がなかった。まだ日中で、一杯やるにはすこし早いせいもあるが、亀楽のあるじの元造《もとぞう》が気をきかせて、源九郎たちのために店を貸し切りにしてくれたのだ。

平太の母親のおしずは、亀楽に通《かよ》って店を手伝っていた。おしずは今朝店内で元造と顔を合わせたとき、源九郎たち長屋の男たちが、店に来ると話した。それで、元造は他の客を断ったらしい。

源九郎たちは、店内の土間に置かれた飯台の前に腰掛け代わりに置かれている空樽《あきだる》に腰を下ろした。

元造とおしずが奥の板場から姿を見せ、

「長屋のみなさん、よく来てくれやした。……今日は貸し切りにしたから、ゆっくりやってくだせえ」

と、元造が声をかけ、そばにいるおしずに、「注文を訊いてくれ」と耳打ちし、あらためて源九郎たちに頭を下げてから板場にもどった。

「酒ですか」

おしずが、笑みを浮かべて訊いた。

「まず、酒だ」

酒好きの安田が、身を乗り出して言った。

「肴《さかな》は、どうします」

おしずが訊いた。

「肴は、有り合わせでいい。先に酒を頼む」

源九郎が言うと、若い平太と三太郎を除いた安田たち四人がうなずいた。四人は、酒好きである。

「肴は、見繕《みつくろ》って持って来ますね」

おしずはそう言い残し、踵《きびす》を返して板場にもどった。

源九郎たちがいっとき待つと、おしずと元造が姿を見せた。ふたりは、盆に載せた七人分の猪口《ちよく》と銚子《ちようし》、それに漬物の小鉢と煮染《にしめ》の入った小鉢を運んできた。煮染は、源九郎たちのために前もって煮込んでおいたようだ。

源九郎たちの前に運んできた酒と肴を並べ終えると、

「ゆっくりやってくだせえ」

と、元造が言い、先に源九郎たちの前から離れた。

その場に残ったおしずは、

「みなさんは、おしのちゃんとおせんちゃんのことを、ここで相談するつもりで来たの」

と、声をひそめて訊いた。

おしずは、平太の母親ということもあって、源九郎たちが今、何をしようとしているか、知っていたようだ。

「まァ、そうだ。……ふたりとも、長屋の娘だからな。何とか、取り戻してやりたい。このままだと、男の慰《なぐさ》み者になり、長屋には戻れなくなるだろう」

源九郎は、何とかして、おしのとおせんを長屋に帰してやりたい、と思った。この場にいる男たちも、同じ思いだろう。

「おしのちゃんとおせんちゃんは、まだ子供だもの。今から男の袖を引くなんて、可哀相だわ」

おしずが、涙声で言った。

「長屋のみんなは、同じ思いだ。何とかして、ふたりを助けてやりたいが、西川屋の裏には、まだ何者か分からないが、大物がいるような気がする。迂闊《うかつ》に仕掛けると、返り討ちに遭《あ》う」

源九郎が言うと、その場にいた男たちがうなずいた。

おしずは戸惑うような顔をして、源九郎たちのそばに立っていたが、

「あたしには何もできないけど、旦那さんに話して、飲み代を安くしてもらうわ」

そう言って、踵を返した。

源九郎たちはいっとき手酌で酒を飲んだ後、おしのとおせんをどうやって取り戻すか相談をした。

菅井は猪口を手にしたまま黙考《もっこう》していたが、

「俺たちが薬研堀まで行って、元柳橋付近で男の袖を引いているおしのとおせんを連れ戻す手もあるな」

と、その場にいた男たちに目をやって言った。

「わしも、そのことは考えた。……だが、西川屋の裏にいる者たちは、ふたりが長屋に取り戻されたことを知れば、そのままにはしておかないだろうな。客引きがいなくなるし、なにより己の顔が潰されたと思うだろう。……今度は、おしのとおせんを攫《さら》うかもしれんし、別の同じような女の子に手を出すかもしれん」

源九郎が言うと、その場にいた男たちがうなずいた。

「そうだな。背後にいるのは何者か分からないが、おそらく長屋から手を引かないだろうな」

菅井がつぶやくような声で言った。

次に口を開く者がなく、その場が重苦しい沈黙につつまれたとき、

「ともかく、西川屋のことを探ってみよう。背後にいるのが何者か知れれば、打つ手も考えられる」

源九郎が、男たちに目をやって言った。

その場にいた男たちが、顔を見合わせてうなずいた。それから、源九郎たち七人は、酒を飲んだり、板場から運んでもらった肴を食べたりしたが、辺りが暗くなる前に腰を上げた。

店の戸口に出ると、菅井が源九郎に目をむけて、「これから、どうする」と訊いた。

「薬研堀まで足を延ばしてもいいが、今日のところは長屋に帰ろう。それほど飲んではいないが、一杯やった後だからな」

源九郎が言うと、その場にいた男たちが苦笑いを浮かべてうなずいた。

五

源九郎が長屋の座敷で朝飯を食い終えた後、茶を飲んでいると、戸口に近付いてくる下駄の音がした。

……菅井のようだ。

源九郎は、その下駄の音に聞き覚えがあった。

下駄の音は戸口で止まり、「華町、いるか」という菅井の声が聞こえた。

「いるぞ。入ってくれ」

源九郎が声をかけると、すぐに腰高障子が開き、菅井が姿を見せた。

菅井は土間に入ってくると、座敷にいる源九郎を目にし、

「華町、めしを食っているのか」

と、すぐに訊いた。源九郎の膝先に箱膳《はこぜん》が置いてあったからだろう。

「めしは、食い終わったところだ。……菅井、茶を飲むか」

源九郎はそう言って、手にしていた湯飲みを箱膳の上に置いた。

「いや、いい。俺も、めしの後、茶を飲んでからここに来たのだ」

菅井は土間に立ったままで、座敷に上がらなかった。

「これから、薬研堀まで行くか」

源九郎が訊いた。菅井とふたりで、朝飯の後、薬研堀まで行くことになっていたのだ。おしのとおせんのことを探り、ふたりの様子によっては、長屋に連れて帰りたいと思っていた。

「そのつもりだ」

菅井は、すぐにでも土間から外に出たいような素振りを見せた。

「よし、行こう」

源九郎は立ち上がると、箱膳を手にして流し場のそばまで運んだ。湯飲みと急須《きゅうす》に残った茶を流しに捨ててから、菅井につづいて戸口から出た。

源九郎と菅井は長屋を後にし、竪川《たてかわ》沿いの通りに出ると、西方に足をむけた。そして、大川にかかる両国橋を渡り、賑やかな両国広小路を抜けて薬研堀にかかる元柳橋のたもとに出た。

「おしのとおせんらしい女の姿は、ないな」

そう言って、菅井が薬研堀沿いの道に目をやった。

道沿いには料理屋や料理茶屋などが並び、飲み食いに来たらしい男や客引きの女などが目についた。ただ、行き来する人はそれほど多くなかった。まだ、昼前だったからだろう。

「客引きの女は思ったより、すくないな」

菅井が通りの端に足をとめて言った。

「まだ、昼前だからな。……おしのとおせんも、いないようだ」

源九郎は胸の内で、来るのがすこし早かったようだ、と思った。

「どうする」

菅井が訊いた。

「まず、西川屋を見ておくか」

源九郎は、西川屋の近くに商売を始めている店があれば、そこに立ち寄って、おしのとおせんのことを訊いてみよう、と思った。

「どうだ、向こうから来る年増に訊いてみるか」

菅井が、薬研堀沿いの通りの先を指差して言った。

見ると、小綺麗な着物姿の年増とまだ六、七歳と思われる娘が、何やら話しながらこちらに歩いてくる。

「親子らしい」

源九郎が小声で言った。歳はかなり違うようだが、ふたりの顔にどこか似たところがあった。

源九郎と菅井は、年増とその娘らしい女が近付くのを待って、

「お訊きしたいことが、あるのだが」

と、源九郎が声をかけた。菅井はすこし離れた道の端に立っている。

「何でしょう」

年増が娘を庇《かば》うように前に出て、源九郎に訊いた。見知らぬ武士に声をかけられて、不安になったのだろう。

「西川屋という料理屋が、この近くにあると聞いてまいったのだがな。どの店か、教えてもらえまいか」

源九郎が、おだやかな声で言った。

「西川屋ですか」

年増はそう言って、通り沿いに並ぶ料理屋、小料理屋、蕎麦《そば》屋などに目をやっていたが、

「その蕎麦屋の先にある大きな料理屋が、西川屋ですよ」

と、半町ほど先にある店を指差して言った。

通り沿いにある店のなかでも目を引く、二階建ての大きな料理屋である。

源九郎は親子に礼を言ってから、菅井とふたりで大きな料理屋にむかった。

店の出入り口は洒落《しゃれ》た格子戸になっていて、暖簾が出ていた。

午前中のせいか、まだ客はいてもわずからしい。店内は静かで、廊下を歩く足音や障子を開け閉めするような音がかすかに聞こえるだけである。

源九郎と菅井は蕎麦屋の脇に立って、西川屋に目をやった。それから、小半刻(三十分)ほど経ったが、おしのとおせんはともかく、客も店の者も出てこなかった。

「どうだ、店に入ってみるか」

菅井が、苛立《いらだ》った声で言った。痺《しび》れを切らせたらしい。

「駄目だ。店に入っても、客として別の部屋に連れていかれるだけだ」

そう言って、源九郎は菅井を制した後、

「近所で聞き込んでみるか。……おしのとおせんの様子が、知れるかもしれん」

と、言い添えた。

「そうしよう」

菅井が、すぐに同意した。


「行ってみよう」

源九郎と菅井は、半刻（一時間）ほどしたら、西川屋の近くにもどることにし、その場で別れた。

ひとりになった源九郎は、西川屋から四、五軒先にある酒屋を目にとめた。小売り酒屋で、店の前に水を入れた樽が置いてあった。酒屋の店先には、必ず水の入った樽が置いてあるので、遠方でもそれと分かる。酒を買いに来た者が持参した徳利《とっくり》を洗うために、水の入った樽が必要なのだ。

源九郎は、店先に置いてある樽のそばで、酒を買いにきたと思しき若い男と店の主人らしい男が話しているのを目にとめ、ふたりに西川屋のことを訊いてみようと思った。

源九郎が酒屋の近くまで来ると、若い男が振り返り、

「親爺《おやじ》、また、来るぜ」

と言い残し、足早にその場を離れた。源九郎がそばまで来たのを見て、客が来たと思ったのかもしれない。

親爺は源九郎に目をやり、

「お侍さま、何か御用ですか」

と、丁寧な物言いで訊いた。相手が武士だし、酒を買うのに必要な徳利を手に

していなかったからだろう。

「そこに、西川屋という料理屋があるな」

源九郎が指差して言った。

「ありますが……」

親爺は西川屋に目をやり、不審そうな顔をした。源九郎のことを客ではなく、何か探っていると思ったらしい。

「わしが馴染《なじ》みにしている店の娘《こ》が、今日は通りに出て客引きをしていないようだが、何かあったのか」

源九郎は、娘の名を口にせずに訊いた。

「まだ、早いからではないですかね。西川屋さんで働いている女の子が、客引きに出るのは、午後になってからだと思いますよ」

親爺が素《そ》っ気《け》なく言った。

「午後になってからか。……ところで、店の主人の名を知っているか」

源九郎が声をひそめて訊いた。

親爺は困惑したような顔をして、いっとき黙っていたが、

「ご主人は、伝蔵《でんぞう》さんかと……」

と、語尾を濁して言った。

「伝蔵の他に、陰のあるじがいるのではないか」

源九郎が念を押すように訊いた。親爺の言いにくそうな顔を見て、表向き伝蔵という名の主人もいるが、陰で西川屋を支配している男が別にいるのではないか、と思ったのだ。

「は、はい」

親爺は、首をすくめた。

「その主人は、店にはあまりいないようだな」

源九郎は親爺に身を寄せ、声をひそめて訊いた。やはり、主人として店のやりくりや奉公人を動かしている者とは別に、西川屋を支配している男がいるらしい。

「は、はい……」

親爺がうなずいた。

「もしかしてその男は、武士か」

源九郎が訊いた。胸の内で、陰の主人は若いころ武士だったが、いまはやくざの親分のようになり、あまり表には出ずに、子分たちを支配しているのではないかと思った。

「若いころ、お侍だったと聞いたことはありますが、今はあまり刀を差してはいません」

親爺が声をひそめて言った。

「その者の名は」

「てまえたちは、陰で政蔵《まさぞう》の旦那と呼んでいますが」

「政蔵か。……ふだん、政蔵はどこにいるのだ」

源九郎は、政蔵の居所が知れれば、討つことができるのではないかと思った。

「てまえには、分かりません」

親爺は、首を横に振った。

「そうか」

源九郎は、親爺が嘘を言っているとは思わなかったので、それ以上訊かなかった。

「邪魔したな」

源九郎が親爺に言い、酒屋の前から離れた。

それから、源九郎は別の店にも立ち寄って、おしのとおせんだけでなく、政蔵のことも訊いたが、新たなことは分からなかった。

六
「どうする」

西川屋から離れたところで、もどってきた菅井が源九郎に訊いた。

「もうすこし近所で、聞き込んでみないか。せっかくここまで来たのだ。おしのとおせんがどうしているか、知りたいからな」

源九郎が言うと、

「俺も、そう思っている」

すぐに、菅井が同意した。

源九郎と菅井は西川屋から離れ、大川の近くにもどり、おしのとおせんのことを知っていそうな者が通りかかるのを待つことにした。

ふたりは、元柳橋のたもと近くにもどり、薬研堀の方に目をやっていた。話の訊けそうな者はなかなか通りかからなかったが、半刻（一時間）ほどしたとき、

「あのふたりは、どうだ」

そう言って、菅井が薬研堀沿いの道を指差した。

見ると、小袖に黒羽織姿の年配の男がふたり、何やら話しながら歩いてくる。武士ではない。商家の旦那と得意先の男かもしれない。薬研堀沿いにある料理屋で、商談をした帰りではあるまいか。

「訊いてみよう」

源九郎が言い、堀の岸際に立ってふたりが近付くのを待った。

ふたりの男は源九郎と菅井のそばまで来ると、戸惑うような顔をした。見ず知らずの武士がふたり、自分たちに目をむけていたからだろう。

ふたりはすこし足を速め、源九郎と菅井の前を通り過ぎようとした。

「しばし、待て」

菅井が、通りのなかほどに出て声をかけた。源九郎は、ふたりの男の脇に近付いた。

「な、何か、御用でしょうか」

年上らしい男が、声をつまらせて訊いた。肩先が震えている。源九郎と菅井に、襲われると思ったのだろうか。

「いや、ちと訊きたいことがあるだけだ」

菅井が苦笑いを浮かべてそう言い、

「ふたりは、薬研堀にはよく来るのか」

と、穏やかな声で訊いた。

年上らしい商家の旦那ふうの男が、菅井の苦笑いを目にし、穏やかな声を耳にすると、

「来ますが、何か御用ですか」

と、表情を和《やわ》らげて訊いた。もうひとりの得意先らしい三十がらみの男も、源九郎と菅井を悪い男ではないと思ったらしく、口許に笑みを浮かべて菅井を見つめている。

「ふたりは、西川屋で飲んだのか」

菅井が、ふたりの男に目をむけて訊いた。

「いえ、今日は別の店です」

年上らしい男が言うと、もうひとりが、

「西川屋でも、商《あきな》いの相談をすることがありますよ」

と、脇から口を挟んだ。

「それなら、西川屋で客の相手をしているおしのとおせんのことを知っているな」

源九郎が、菅井に代わって訊いた。

「おしのさんと、おせんさんですか……」

三十がらみの男が、小声で訊いた。

「そうだ。……今は、別の名かもしれん」

源九郎は、おしのとおせんが西川屋で本名を名乗っているとは思わなかった。

「志乃《しの》さんと、千春《ちはる》さんですよ」

商家の旦那ふうの男が、声高《こわだか》に言った。

「知っているのか！」

源九郎が、身を乗り出して訊いた。

「は、はい……。以前、てまえの座敷に来た志乃さんが、ほんとの名は、おしのだと口にしたことがあるんです。そのとき、志乃さんが、一緒にいる千春さんは、おせんという名です、と言ったのです」

商家の旦那ふうの男が言うと、三十がらみの男も、

「俺も、志乃がおしのという名だと口にしたのを聞いたことがある」

と、言い添えた。

「そうか。おしのは志乃で、おせんは千春と名乗っているのか」

源九郎が言うと、菅井がうなずいた。

次に口を開く者がなく、いっとき場は沈黙につつまれていたが、

「志乃と千春は、西川屋で男の客をとらされているのだな」

菅井が、顔をしかめて訊いた。

ふたりの男は、口を閉じたまままちいさくうなずいた。気まずいような顔をしている。目の前にいるふたりの武士は、志乃と千春に関わりのある者で、ふたりの娘を助けにきたと思ったのだろう。

「ふたりは、近頃、店の外に出て、客引きをするようなことはないのか」

源九郎が訊いた。

「詳しいことは知りませんが、ふたりとも、あまり外で客引きをすることはないようですよ」

三十がらみの男が言った。

「そうか」

源九郎は苦々しい顔をし、

「おしのとおせんは、店内で客をとらされるようになったのか」

と胸の内でつぶやいた。

源九郎と菅井は元柳橋のたもとまで来てから、ふたりの男と別れた。

ふたりの男が遠ざかったとき、

「今日のところは、長屋に帰るか」

と、源九郎が菅井に声をかけた。

菅井は黙ってうなずき、両国広小路の方にむかって歩きだした。源九郎も、菅井と肩を並べて歩いていく。

そのとき、元柳橋のたもと近くに、ふたりの遊び人ふうの男が姿を見せた。そして、ふたりは源九郎と菅井の跡を尾けだした。

広小路につづく道は行き交う人が多かったこともあり、源九郎と菅井は、尾行するふたりの男に気付かなかった。

七

源九郎が菅井とふたりで薬研堀に出掛けた翌朝、源九郎の家に菅井が姿を見せた。

菅井は土間に立つと、座敷にいる源九郎に、

「華町、朝めしは食ったらしいな」

と、薄笑いを浮かべて訊いた。源九郎の膝先に箱膳が置いてあり、茶を飲んでいたからだろう。

「ああ、今日は早く起きてな、めしを炊いたよ」

そう言って、源九郎は手にしていた湯飲みの茶を飲み干し、

「菅井は、朝めしを食ったのか」

と、訊いた。

源九郎と菅井は朝飯を食ってからふたたび薬研堀に行き、機会があれば、おしのとおせんを長屋に連れ戻そう、と話してあったのだ。

「ああ、半刻（一時間）ほど前に、食べ終えたよ」

菅井はそう言って、上がり框《がまち》に腰を下ろした。

「すぐ、片付ける」

源九郎は、膝先にあった箱膳を流し近くの座敷の隅まで運んだ。そして、土間に下りると、「出掛けるか」と菅井に声をかけた。

ふたりは源九郎の部屋の戸口から出ると、長屋の木戸に足をむけた。そして、井戸の近くまで来たとき、背後から駆け寄る足音が聞こえた。振り返ると、孫六の姿が見えた。小走りに近付いてくる。

源九郎と菅井は、足をとめて孫六が近付くのを待った。

「だ、旦那たちは、おしのとおせんを助けに行くんですかい」

孫六が、声をつまらせて訊いた。

「そのつもりだ」

菅井が言った。

「あっしも、連れてってくだせえ」

孫六が声高に言った。

「一緒に来てくれるか」

源九郎は、孫六に声をかけた。孫六は、長年岡っ引きとして事件にあたった経験があるので役に立つと思ったのだ。

源九郎たち三人は長屋の路地木戸を過ぎ、竪川沿いの道に出た。そして、両国橋にむかった。

竪川沿いの道を一町ほど歩いたとき、孫六がそれとなく背後に目をやり、

「後ろから来るふたり、あっしらの跡を尾けてるようですぜ。長屋を出たときから、後ろを歩いてくるんでさァ」

と、小声で言った。

「わしも気付いていた。……あのふたり、わしらを尾行しているようだ」

源九郎は、それとなく背後に目をやった。

背後のふたりは、遊び人ふうだった。小袖に角帯《かくおび》姿で、肩を振るようにして歩いてくる。

「どうする」

菅井が、歩調も変えずに訊いた。

「西川屋に、かかわりのある者とみていいな。……どうだ、捕まえて、話を訊いてみるか。あのふたりなら、政蔵のことも知っているだろう」

源九郎が言うと、菅井と孫六がうなずいた。

「あっしが、ふたりの後ろにまわりやす」

孫六が声をひそめて言った。

「後ろのふたりに、気付かれないかな」

源九郎がそう言って、首を傾げた。人通りの多い道だが、背後にいるふたりの男は、源九郎たちに目をやりながら跡を尾けてくるのだ。

「なに、行き来する人に紛《まぎ》れて、ふたりをやりすごしやす」

そう言って、孫六は近くを歩いている別の三人の男に目をやった。三人とも職人ふうの若い男で、お喋りをしながらゆっくりとした歩調で歩いてくる。

堅川沿いの道は、人通りが多かった。大川にかかる両国橋につながっていることもあり、様々な身分の老若男女《ろうにゃくなんにょ》が行き来している。

孫六は歩調を緩め、背後から来る三人の男が近付くのを待った。そして、三人の男の陰に身を隠すようにまわりこんだ。

孫六はふたりの遊び人ふうの男が追い越すのを待ってから、素早くその背後についた。

ふたりの遊び人ふうの男は孫六が背後にまわったのに気付かず、源九郎と菅井の跡を尾けていく。

源九郎は孫六がふたりの男の背後についたのを目にすると、菅井に身を寄せて、

「菅井、仕掛けよう。孫六がふたりの男の後ろにまわった」

と、小声で言った。

菅井は無言でうなずき、源九郎につづいて路傍《ろぼう》に身を寄せてから、源九郎とともに足早に跡を尾けてきたふたりの男に近付いた。

跡を尾けてきたふたりの男は、源九郎たちに気付かれたと思ったらしく、逃げ

ようとして反転した。

だが、ふたりの男は、その場から動かなかった。すぐ前に、孫六が立っていたからだ。

ふたりは、戸惑うような顔をして立ち止まったが、源九郎と菅井がそばまで来ると、孫六の脇を擦り抜けて逃げようとした。

「逃がさねえぜ」

孫六は、ふたりの前にまわり込んだ。

ふたりのうちの大柄な男が、

「どけ！　どかねえと、命はねえぞ」

と声を上げ、懐から匕首《あいくち》を取り出した。

これを見たもうひとりの面長《おもなが》の男も、源九郎と菅井に体をむけて匕首を構えたが、腰が引けていた。その場から動かず、源九郎たちと離れた場に立ったままである。

源九郎は面長の男にはかまわず、大柄な男に近付いた。

「殺してやる！」

大柄な男が叫び、匕首を手にして孫六に近付こうとした。

これを見た源九郎は、素早い動きで大柄な男に迫り、

「おまえの相手は、わしだ！」

と声をかけ、刀を峰に返して横に払った。一瞬の太刀捌《たちさば》きである。

源九郎の峰打ちが、大柄な男の腹を強打した。

グワッ、という呻《うめ》き声を上げ、大柄な男は左手で腹を押さえ、その場に蹲《うずくま》った。これを見た面長の男は、悲鳴を上げて逃げ出した。

「待て！」

孫六が声を上げ、面長の男を追おうとした。

「孫六、追わなくていい。この男を長屋に連れて帰り、話を訊いてみよう」

源九郎は大柄な男の脇に立ったまま、孫六に声をかけた。

八

源九郎、菅井、孫六の三人は、捕らえた男を長屋に連れて帰り、源九郎の家に集まった。家といっても一間《ひとま》しかないので、その座敷の真ん中に男を座らせた。

「ここが、わしの家だ」

源九郎はそう言って、男の前に立った。

男は源九郎を見上げただけで、何も言わなかった。顔から血の気が引き、体が小刻みに震えている。源九郎たちに取り囲まれ、生きた心地がしなかったのだろう。

「おまえの名は」

源九郎が訊いた。

男は戸惑うような顔をして口をつぐんでいたが、

「安五郎《やすごろう》でさァ」

と、小声で名乗った。この場に臨んで、名を隠しても仕方がないと思ったのだろう。

「安五郎か。……おまえと一緒にいた男の名は」

源九郎が訊くと、安五郎は戸惑うような顔をして黙っていたが、

「平造《へいぞう》で……」

と、小声で言った。一緒にいた仲間の名を隠す気もなくなったようだ。

「おまえと平造は、わしらが長屋を出たときから跡を尾けてきたようだな」

源九郎は、穏やかな声で訊いた。安五郎は仲間の名も隠さなかったので、怒鳴ったりしなくても、訊いたことに答えるだろう、と思ったのだ。

ったんでさァ」

「旦那たちが、薬研堀に行くようだったら、仲間に知らせて、手を打つつもりだ
「どんな手を打つのだ」

「そ、それは……」

安五郎は言いかけたが、口をつぐんでしまった。

「仲間に知らせて、大勢でわしらを襲い、始末する気ではなかったのか」

源九郎が訊いた。

「そうでさァ」

安五郎は否定しなかった。

「わしらも、首を落とされないように用心しないとな」

源九郎は菅井に目をやってそう言った後、

「西川屋には、志乃と千春と名乗っているふたりの女がいるな」

と、安五郎に訊いた。

「いやす」

安五郎は隠さなかった。

「ふたりは、この長屋の娘だったのだ。……志乃と千春ではなく、おしのとおせ

んという名だ」

「おしのとおせんという名を、聞いたことがありやす」

安五郎が首をすくめて言った。

「そうか。……ふたりの名はともかく、ふたりを長屋に連れ戻して、親と一緒に暮らせるようにしてやりたいのだ」

「……」

安五郎は何も言わず、困惑したような顔をして視線を膝先に落とした。

「それで、訊きたいのだが、今、ふたりは通りで客引きはせず、西川屋の座敷で客を相手にしているのか」

「そうで……」

安五郎は、顔を上げずに小声で言った。

「ところで、おまえたちの親分は、政蔵という名だな」

源九郎が、語気を強くして訊いた。菅井は睨むように安五郎を見据えている。

安五郎はいっとき口をつぐんでいたが、

「親分は、政蔵の旦那でさァ」

と、小声で言った。

「政蔵は、若いころ武士だったと聞いたがな」

源九郎が念を押すように言った。

「あっしも、そう聞きやした」

「政蔵の姓は」

源九郎は、政蔵の姓を聞いていなかったのだ。

「松田《まつだ》と聞きやしたが……」

「本名は、松田政蔵か」

源九郎はそう言って、いっとき間をとってから、

「松田家の屋敷は、どこにあるのだ」

と、安五郎を見つめて訊いた。

「下谷《したや》と聞いたことがありやすが、今、屋敷には誰も住んでないそうですぜ」

「空家か。……政蔵には家族がいないのか」

源九郎は、政蔵にも家族がいるはずだと思った。

「家族がいるかどうか知らねえが、政蔵親分は千鳥橋《ちどりばし》の近くによく出掛けやす」

「そこにも、料理屋があるのか」

源九郎が訊いた。千鳥橋は、浜町堀《はまちようぼり》にかかる橋だった。薬研堀から、そう遠

くない。

「西川屋のような大きな店ではなく、小料理屋のようでさァ」

「その小料理屋の店の名は」

源九郎は、小料理屋にも行ってみようと思った。そこに政蔵がいれば、捕らえるなり、討つなりすることができるかもしれない。

「店の名は、聞いてねえ」

「そうか」

源九郎は店の名が知れなくても、政蔵の名を出して近所で聞き込めば、摑めるだろうと思った。

源九郎たちが口をつぐむと、

「あっしを、帰《けえ》してくだせえ。あっしの知っていることは、みんな話しやした」

安五郎が、その場にいた源九郎、菅井、孫六の三人に目をやって言った。

「駄目だ。しばらく、わしと一緒に暮らせ。独り住まいだが、めしは食わせてやる」

源九郎が言った。

「旦那と一緒ですかい」

安五郎は驚いたような顔をしたが、源九郎に目をやって、「よろしく、お願《ねげ》えしやす」と言って、頭を下げた。

第二章　襲撃

一

「菅井、孫六、出掛けるか」

源九郎が、長屋の家に顔を出したふたりに声をかけた。

捕らえた安五郎は、家に残したままである。源九郎たち三人は、昨夜、源九郎の家に顔を出した安田に、捕らえてある安五郎のことを頼んで、浜町堀にかかる千鳥橋まで行ってみるつもりだった。千鳥橋の近くにあるという小料理屋をつきとめ、政蔵の名を出して訊けば、様子が分かるだろう。

源九郎、菅井、孫六の三人は長屋の路地木戸を後にし、竪川沿いの通りに出た。そして、大川にかかる両国橋の方に足をむけた。

源九郎たちは両国橋を渡り、賑やかな両国広小路に出た。そして、行き交う人々の間を縫《ぬ》うようにして歩き、西方につづく通りに入った。その通りを行けば、浜町堀にかかる汐見橋《しおみばし》のたもとに出られる。

しばらく歩くと、前方に汐見橋が見えてきた。

源九郎たちは汐見橋のたもとに出ると、浜町堀沿いの道に目をやった。南方に、千鳥橋が見えた。汐見橋から千鳥橋までそう遠くない。

「ともかく、千鳥橋のたもとまで、行ってみよう」

源九郎が、菅井と孫六に声をかけた。

浜町堀沿いの道を南にむかっていっとき歩くと、千鳥橋のたもとに出た。そこは、人通りが多かった。堀沿いの道を行き来する人と、橋を渡ってきた人が一緒になるからだ。

源九郎たちは人混みを避け、橋のたもとの隅に身を寄せた。

「どうしやす」

孫六が、行き交う人に目をやりながら訊いた。

「ともかく、政蔵がよく出掛けるという小料理屋を探さないとな」

源九郎が言った。

「小料理屋の名が分かると、探しようがあるが……」

　菅井が戸惑うような顔をした。

　源九郎は、「店の名が分からないと、探しようもないな」とつぶやいた後、

「どうだ、まず、小料理屋を探し、近所の住人に、その店に武士が出入りしていないか訊いたら。……武士が出入りするような小料理屋は、滅多《めった》にないはずだ。近所で、その店のことや出入りする武士のことなどを訊いたら、政蔵かどうか知れるのではないか」

　と、その場にいた菅井と孫六に目をやって言った。

「華町の旦那の言うとおりだ。近所に住む者なら、武士の名を耳にした者もいるはずでさァ」

　孫六が声高に言った。

「どうだ、半刻（一時間）ほどしたらこの場にもどることにして、別々に小料理屋を探したら」

　源九郎が言うと、すぐに菅井と孫六がうなずいた。

　菅井と孫六は千鳥橋のたもとにある店に目をやって、小料理屋らしい店がないのを確かめてから、来た道とは反対方向の堀沿いの道に足をむけた。橋近くの道

沿いには、店屋が並んでいた。蕎麦屋、一膳めし屋、居酒屋などの飲み食いできる店が多いようだ。その通りにも、政蔵が出入りしていると思われるような小料理屋は、見当たらなかった。

ひとりになった源九郎は、ともかく近所で訊いてみようと思い、通り沿いにあった下駄屋《げたや》の前に足をとめた。下駄屋の親爺が、年配の女と話していた。女は町人らしい。近所の住人で、下駄を買いにきたようだ。

源九郎が下駄屋の親爺に訊いてみようと思い、店に近付くと、年配の女は足音を耳にしたらしく、源九郎に目をやった後、

「また来るからね」

と親爺に声をかけ、足早に店先から離れた。

源九郎が近付くと、下駄屋の親爺は店先に立ったまま、

「旦那、何か、御用ですかい」

と、素っ気なく訊いた。源九郎を客ではないとみたからだろう。

「ちと、訊きたいことがあってな。すぐに、済む」

源九郎はそう言った後、

「この近くに、小料理屋があるかかな」

と、親爺に訊いた。

「ありやすが、店の名は分かりやすか。近くに、小料理屋は二軒あるんでさァ」

親爺によると、この道を一町ほど行くと、道沿いに小料理屋があり、その店の五軒ほど先にある八百屋の脇を入った先にもあるという。

「店の名は分からぬが、武士が贔屓《ひいき》にしている店でな。よく来るらしい。ただ、今は刀を差していないことが多いようだ」

源九郎は、松田政蔵を念頭に置いて言った。

「お侍ですかい。……それなら、桔梗《ききよう》かもしれねえ」

親爺が口にした桔梗というのが、小料理屋の店名らしい。

「桔梗には、武士がよく来るのか」

源九郎は、桔梗を探ってみようと思った。

「詳しいことは知らねえが、桔梗の女将の情夫《いろ》が、二本差しだったと聞いたような気がしやす」

親爺によると、情夫は商家の旦那ふうの格好をしているが、武士らしい物言いをするときがあるという。

「その桔梗は、どこにあるのだ」

源九郎は、女将の情夫が政蔵だろうとみた。

「そこの八百屋の脇を入《へえ》った先に、ありやす」

親爺が、通りの先を指差した。道の先に、八百屋らしい店が見えた。店先に野菜らしい物が並べてあるので、それと知れる。

「そうか、手間を取らせたな」

源九郎は親爺に礼を言い、その場を離れた。

八百屋の前まで行くと、店の脇に細い道があった。その道沿いに一膳めし屋、蕎麦屋、料理屋などが並んでいたが、一町ほど先は民家がまばらに建つだけで、空地なども目についた。おそらく、浜町堀沿いの道を行き来する人は、それほど遠方の店まで足を運ばないので、堀沿いの道から遠いと商売にならないのだろう。

源九郎は、八百屋の脇の細い道に入った。そして、すこし歩くと、道沿いにある小料理屋らしい店が目にとまった。

「あの店だな」

源九郎がつぶやいた。他に小料理屋らしい店がないので、すぐに桔梗と分かったのだ。

源九郎は、桔梗に政蔵が来ているかどうか確かめようと思った。来ていれば、菅井と孫六もこの場に呼んで、政蔵を討つなり、捕らえるなりして始末をつけたかった。

二

源九郎は、桔梗からすこし離れた道沿いに表戸を閉めた家屋《かおく》があるのを目にとめた。空家らしい。だいぶ古い家で、朽ちた庇《ひさし》が垂れ下がったり、板壁がはげたりしている。

源九郎は空家の脇に身を寄せて姿を隠し、桔梗の店先に目をやった。その場から、しばらく桔梗を見張るつもりだった。

桔梗の店内から、かすかに男と女の談笑の声が聞こえた。男は町人らしかった。政蔵だけでなく、店に来た客もいるらしい。

それから、小半刻（三十分）ほど経ったとき、近付いてくる足音が聞こえた。通りに目をやると、菅井と孫六が足早に歩いてくる。

源九郎は空家の脇から通りに出て手を上げた。すると、菅井と孫六も源九郎の姿を目にしたらしく、小走りに近付いてきた。

菅井と孫六は源九郎の脇に来て、空家の脇に身を隠した。

「あっしらふたりは、政蔵が桔梗ってえ小料理屋に出入りしていると聞いて、来てみたんでさァ」

孫六が言った。

「そこにある小料理屋が、桔梗だ」

源九郎が、指差した。

「それで、政蔵は桔梗にいるのか」

菅井が、桔梗を見つめながら源九郎に訊いた。

「まだ、分からない。店に入って訊けないので、こうして身を隠し、話の聞けそうな者が出て来るのを待っているのだ」

源九郎が言うと、

「おれたちも、待たせてもらう」

菅井が言い、孫六もうなずいた。

それから、さらに半刻（一時間）ほど経ったが、政蔵はおろか、客らしい男も桔梗から姿を見せなかった。

痺れを切らせた孫六が、

「あっしが、店を覗いてきやす」

そう言って、家屋の脇から通りに出ようとした。ふいに、その足がとまった。

「店から出てきた！」

孫六が声を上げ、慌てて空家の陰にもどった。

桔梗の出入り口の格子戸が開き、姿を見せたのはふたりだった。いずれも職人ふうの男で、何やら話しながら浜町堀がある方に歩きだした。

孫六は、ふたりの男が桔梗からすこし離れると、

「あっしが、ふたりに店の中の様子を訊いてきやす」

そう言って、ふたりの跡を追った。

桔梗から半町ほど離れたところで、孫六はふたりの男に追いつくと声をかけ、肩を並べて歩きだした。孫六はふたりの男と一緒に歩きながら、店内に政蔵がいるかどうか訊いているのだろう。

孫六は話しながら半町ほど歩くと、路傍に足をとめた。ふたりの男は振り返りもせず、足早に歩いていく。

孫六はふたりの男が離れると、踵を返し、小走りに源九郎たちのそばにもどってきた。

「桔梗に、政蔵はいたか」

すぐに、源九郎が訊いた。

「それが、いねえんでさァ。店から出て来た男の話だと、政蔵は半刻（一時間）ほど前《めえ》に、店の裏手から出たそうで」

孫六が渋い顔をして言った。

「裏手から出た男は、政蔵に間違いないのか」

源九郎が、念を押すように訊いた。

「間違いねえ。店の女将は、政蔵の旦那と呼んでたそうでさァ」

「そうか。……政蔵の情婦《いろ》のいる店はつかめたが、本人は店を出た後か」

菅井が、がっかりしたように言った。

「どうしやす」

孫六が、源九郎と菅井に目をやって訊いた。

「今日のところは、長屋に帰るか。……また、明日、桔梗を覗いてみればいい」

源九郎が言うと、菅井と孫六がうなずいた。

源九郎たち三人が、桔梗から半町ほど離れたときだった。桔梗の表戸が開いて、遊び人ふうの男がふたり、姿を見せた。

「茂造《しげぞう》、あいつら、政蔵の旦那が話していた男たちではないか」

と、浅黒い顔をした男が、源九郎たちを指差して言った。茂造という名の男は若く、まだ十五、六らしい。

「伝兵衛長屋に住むやつらだと思いやすが、はっきりしねえ」

茂造はそう言った後、

「政次《まさじ》兄い、やつらの跡を尾けて、行き先をつきとめやすか」

と、遠ざかっていく源九郎たちを見つめて言い添えた。

「よし、跡を尾けよう」

政次は、すぐに歩きだした。

茂造もその場を離れ、政次の後ろからついていく。

一方、源九郎たちは、尾行してくるふたりの男には気付かず、浜町堀沿いの道にもどり、汐見橋のたもとに出た。そして、両国広小路につづいている通りを歩き、広小路の人混みのなかを抜け、大川にかかる両国橋を渡った。

渡った先の両国橋のたもとから竪川沿いの通りに入り、東にむかった。そして、いっとき歩いて、相生町一丁目に入ってから左手につづく道に足をむけた。その道の先に、源九郎たちの住む長屋がある。

長屋が見えてくると、源九郎たち三人は足を速めた。跡を尾けてきたふたりも、通行人を装って足早に歩いてくる。源九郎たちは、まだ、跡を尾けてくるふたりに気付いていない。

政次と茂造は、源九郎たちが長屋の路地木戸に入るのを目にすると、路傍に足をとめた。

「あの長屋が、やつらの巣だな」

と、政次が言った。

「そうらしい」

茂造も、路地木戸を見つめている。

「やつらの巣を摑んだのだ。今日のところは、これまでにするか」

政次が言い、踵を返した。

「そうしやしょう。ふたりだけで、長屋を襲うことはできねえ」

茂造も踵を返して、政次につづいた。

ふたりは、来た道を足早に引き返していく。

三

源九郎は長屋の路地木戸をくぐると、菅井と孫六に目をやり、

「どうだ、わしの家に寄っていくか」

と、訊いた。源九郎は、三人で茶でも飲みながら一休みしようと思ったのだ。

「そうだな。安五郎の顔でも見てから、家に帰るか」

菅井が言うと、孫六もうなずいた。ふたりはほっとした顔をしている。疲れたのだろう。

源九郎たち三人が長屋の家の前まで来ると、男の話し声が聞こえてきた。ひとりは安田で、話している相手は安五郎らしい。

ふたりの物言いには、仲間同士のような気安さがあった。安五郎は長屋の源九郎の家に住むようになり、源九郎たちと接する機会が多くなった。それで、仲間のように思うようになったのだろう。

源九郎が戸口の腰高障子を開けて土間に入ると、菅井と孫六がつづいた。

「帰ってきたか」

安田が、源九郎たちを目にして言った。

「変わりないか」

源九郎が訊いた。

「ない。それで、政蔵の居所は、分かったのか」

安田は膝をまわして、源九郎に体をむけた。

「政蔵の情婦が桔梗という小料理屋を開いていてな、そこに政蔵がいると聞いて行ってみたが、店を出た後だった」

源九郎は残念そうな顔をして言った後、一緒に来た菅井と孫六に目をやり、

「上がってくれ」と声をかけた。

菅井と孫六は戸惑うような顔をしたが、

「すこし、休ませてもらうか」

と、菅井が言い、源九郎につづいて座敷に上がると、孫六も後につづいた。

「俺が茶でも淹れようか」

安田が座敷に腰を下ろした男たちに目をやってから言った。

「湯はあるのか」

源九郎が訊いた。

「すぐに、湯を沸かす」

そう言って、安田が立ち上がろうとすると、

「安田、座っててくれ。これから湯を沸かすのは、時間がかかる。それに、今日は動きまわったので、すこし疲れた。やはり、それぞれの家に帰って一休みするか」

源九郎が言うと、孫六と菅井がうなずいた。

「先に帰らせてもらうか」

と、菅井が言って腰を上げた。すると、安田と孫六も立ち上がり、菅井につづいて戸口から出て行った。

座敷に残ったのは、源九郎と安五郎のふたりだった。

「どうだ、留守の間、変わりなかったか」

源九郎が、念を押すように安五郎に訊いた。

「変わりは、なかったんですが……」

安五郎が、不安そうな顔をしてつぶやいた。

「どうした、安五郎」

源九郎が身を乗り出して訊いた。

「あっしは、こうやって何事もなく長屋で過ごしていやすが、それが反《かえ》って不安なんでさァ」

安五郎が小声で言った。

「何が、不安なのだ」

源九郎が訊いた。

「政蔵や子分たちは、まだ、この長屋に手を出してねえ。……旦那たちが、この長屋に住んでいることは、探ればすぐに知れやす」

「そうだな」

源九郎がうなずいた。政蔵たちは、源九郎たちが伝兵衛店に住んでいるのをつかんでいるとみてもいい。

「あっしは、政蔵や子分たちが長屋に踏み込んできて、あっしらを襲うような気がするんでさァ」

安五郎が、眉を寄せて言った。

「迂闊に長屋から出られないな。そうかと言って、長屋に籠《こも》っていたら、おしのとおせんも助けられない。……政蔵たちの思う壺《つぼ》だ」

源九郎は胸の内で、手分けして政蔵たちを探り、機会があれば討ち取って、おしのとおせんも助け出したいと思った。

次に口を開く者がなく、座敷が静まると、源九郎は安五郎に胸の内を話した。

「華町の旦那、あっしが、竪川沿いの通りに出て、政蔵の子分たちの動きを探りやしょうか」

すると、安五郎が、真剣な顔をして言った。

「竪川沿いの通りで、子分たちの動きが探れるのか」

源九郎が訊いた。

「探れやす。政蔵にしろ、子分たちにしろ、踏み込んでくる前に長屋の様子を探るはずでさァ。華町の旦那たちが長屋にいれば、踏み込んでこないとみていい。返り討ちに遭いたくないから……」

「そうかもしれん」

源九郎も、長屋に武士が何人かいれば、政蔵たちは、踏み込んでくるのを避けるだろうと思った。政蔵が仲間から犠牲者を多く出せば、子分たちも離れ、西川屋もやっていけなくなるだろう。当然、政蔵も居所を失うはずだ。

「旦那、あっしが長屋から出て、竪川沿いの道で子分たちの動きを探りやす」

安五郎は、源九郎を見つめて言った。

「探ってどうする」

「長屋を襲ってくるような動きがあったら、すぐに知らせやす」

「そうしてくれるか。……俺から、菅井や安田たちにも話しておく」

源九郎は、しばらく政蔵に手を出せないが、長屋を守ることが何より大事だと思った。菅井や安田たちも、そう思うだろう。

四

「政蔵たちの動きに変わりはないな」

源九郎が、座敷で茶を飲んでいる菅井に目をやって言った。朝飯の後、菅井が源九郎の部屋に顔を出し、ふたりで茶を飲んでいたのだ。

安五郎が長屋にとどまるようになって、三日経っていた。まだ、政蔵たちが長屋を襲うような動きはない。

「安五郎は川沿いの道まで行って、政蔵たちの動きを探っているのか」

菅井が湯飲みを手にしたまま訊いた。

「そうだ。今日も朝のうちから、ここを出て川沿いの道で見張っているはずだ」

源九郎の胸の内には、安五郎に無理をさせて、済まないという思いがあった。

長い間、川沿いの道に立って、政蔵たちの動きを探るのは大変である。

「政蔵たちは、長屋を襲うかな」

菅井はそう言って、湯飲みの茶を飲み干した。

「分からぬ。……安五郎には済まないが、見張りをつづけてもらう。政蔵たちが長屋に踏み込んでくる前に動きがつかめれば、わしらも手が打てるからな」

源九郎は、此度《こたび》の事件にかかわった者だけでなく、長屋の住人たちも手を貸してくれるだろう、と思った。男の多くは仕事に出て長屋にいないが、女子供は大勢残っている。長屋に見知らぬ男たちが乗り込んできて源九郎たちを襲えば、幼い子供は無理だが、女たちは源九郎たちを助けてくれるはずだ。

長屋の者たちは、助け合って生きてきたのだ。助けると言っても、自分たちには危害が及ばないように遠くから石を投げたり、罵《ののし》ったりするだけである。それでも、人数が多いと大変な力になる。これまでも、源九郎たちは長屋の女たちに助けられたことがあったので、大勢集まると、女たちでも大きな力を発揮《はっき》することを知っていた。

「今日も、このまま過ぎていくような気がするが……」

菅井がつぶやいた。

そのときだった。戸口に走り寄る足音がした。ひどく慌てているような足音である。

「安五郎ではないか。何かあったようだ」

源九郎は立ち上がり、座敷の脇に置いてあった大刀を摑んだ。

「政蔵たちが、長屋に踏み込んできたのか！」

菅井も、脇に置いてあった大刀を手にして立ち上がった。

ふたりは座敷から土間に下り、腰高障子を開けた。安五郎は、戸口近くまで来ていた。遠方から走ってきたらしく顔が赤黒く染まり、肩で息をしていた。

安五郎は源九郎と菅井を目にし、

「ふ、踏み込んできやす！　政蔵の子分たちが……」

と、声をつまらせて言った。

「来たか！　家の前で、迎え撃つぞ」

源九郎は土間から外に出た。

菅井がつづいた。

安五郎も土間から出たが、背を腰高障子につけるほど身を引いている。刀での斬り合いは、源九郎と菅井に任せようとしたのだ。

長屋の路地木戸の方から、男たちが小走りに近付いてくる。近くにいた女、子供たちが、悲鳴や泣き声を上げたり、喚《わめ》き声を上げたりして逃げ散った。それでも、女房連中のなかにも気丈な者がいて、家の戸口に身を引き、見知らぬ男たちを見つめている。なかでも、源九郎の斜向かいに住んでいるお熊が、

「あいつら、ならず者だよ。華町の旦那の家の方に行くよ」

と、近くにいた女たちに目をやって言った。

近くにいた女たちは、源九郎の家に目をむけた。幼い子を抱き締めて、男たちを見つめている若い女房もいる。

「あいつらに、勝手なことはさせないよ。ここは、わたしらの長屋だ。あいつらを追い出すのよ」

お熊が、女たちに言った。

「で、でも、あいつら、刀を持ってる。殺されるよ」

お熊の脇にいた女房が、声をつまらせて言った。怖いらしく、顔から血の気が引いている。

「遠くから石を投げるんだよ。前にも、あったじゃない。長屋に乗り込んできたならず者たちを、みんなで追い払ったことが」

お熊が声高に言うと、近くにいた年配の女房のおしげが、

「そうだよ。みんなで石を投げれば、怖くない。……あたしらの長屋で、勝手なことはやらせないよ」

と、声高に言った。おしげも、お熊と同じように気丈な女だった。

「石を投げるよ！」

お熊が、近くに転がっていた小石を両手につかんだ。

つづいて、おしげも両手に小石を持って立ち上がり、源九郎の家のある方に近付いた。

お熊とおしげが女たちの前に出て、石を投げようとしたときだった。

戸口に集まっていた男たちのひとりが、

「何だ、てめえたちは！」

と、お熊たちを見据えて怒鳴った。

これを見たお熊が、「みんな、石を投げるんだよ！」と女房たちに声をかけ、手にした石を投げた。だが、石は戸口にいる男までは届かず、一間ほど手前で落ちて、地面に転がった。つづいて、おしげも投げたが、さらに手前で落ちてしまった。

「どうした。もっと、近くまで来いよ。そこじゃァ、とどかねえぜ」

浅黒い顔をした男が、揶揄《やゆ》するように言った。

すると、お熊とそばにいる別の女房が、足元の小石を拾って近付こうとした。

これを見た源九郎が、

「それ以上、近付くな！　こいつらに殺されるぞ」

と、怒鳴った。長屋の女房連中がならず者たちに近付いて襲われたら、逃げ足の遅い者が斬られるかもしれない。

お熊たちは、その場で足をとめた。女のなかには身重《みおも》な者がいるし、まだやっと歩けるようになった幼子もいる。

「み、みんな！　もっと、離れるんだよ」

お熊が声をかけると、女と子供は身を引いた。

女と子供たちは、自分の家の近くに身を隠したり、長屋の棟の陰にまわったりした。それでも、お熊や女たちは、逃げたわけではない。

女たちは、近くに転がっている小石を拾って投げた。源九郎の家の前にいる男たちに届かない石が多かったが、足元まで転がる石もある。

五

源九郎の家の前にいた男のひとりが、

「うるさいやつらだ。俺が蹴散らしてくる」

と言って、戸口から離れた。

そして、女たちのいる場に近付こうとしたとき、家の戸口にいた菅井が素早く踏み込んだ。そして、背をむけた男の背後からいきなり斬りつけた。一瞬の隙をとらえたのである。

ザクリ、と男の小袖が肩から背にかけて裂け、露《あらわ》になった肌から血が流れ出た。男は呻き声を上げて、その場から逃げ、戸口から少し離れた場で蹲った。深手らしい。その男にも、お熊たちが投げた小石が、飛んできた。

「長屋のやつらめ。女子供まで、俺たちに歯向かってきやがる」

年配の男が言った。この男が親分格で、仲間たちに指図しているようだ。

そのとき、別の男が悲鳴を上げて、後ずさりした。その男は、胸の辺りに小石が当たったらしい。

そばにいた他の男たちも、逃げ腰になっている。

これを見た年配の男が、

「引け！　出直すぞ」

仲間たちに声をかけた。

近くにいた男たちは、戸口にいた源九郎と菅井から離れると、反転した。そして、走りだした。逃げたのである。

このとき、源九郎は、すこし離れた場所で蹲っている男に近付き、

「動くな！　斬るぞ」

と、声をかけ、男の背に刀の切っ先をむけた。

男は動かなかった。背後に近付いた源九郎に、斬られると思ったらしい。男の小袖は血に染まっていた。近くで見ると、深手のようだが、命にかかわるような傷ではないようだ。いずれ出血もとまるだろう。

逃げた男たちは、振り返りもせず長屋の路地木戸の方に走っていく。

男たちが遠ざかると、源九郎は戸口近くの斬り合いに心配そうな顔をして目をむけていた長屋の女房連中に、

「わしらは、無事だ！　お蔭で助かったぞ」

と、声をかけた。そばにいた菅井も、女房たちに礼を言った。

女房連中は、満足そうな顔をしてその場を離れた。それぞれの家に、帰るのだろう。

源九郎は女房たちの姿が見えなくなると、蹲っている男に、

「仲間たちは、おまえを見捨てて逃げたぞ」

と、声をかけた。

男は顔をしかめただけで、何も言わなかった。

「家に入れ。訊きたいことがある」

そう言って、源九郎は男を立たせた。

男は逃げようとはせず、源九郎につづいて家に入った。逃げる気力もないらしい。

家には、先にもどった安五郎の姿があった。

安五郎は立ち上がり、

「ふたりとも、強《つえ》え。表戸の隙間から、覗いてやした」

と、首をすくめて言った。どうやら、源九郎たちが政蔵の子分たちと戦っているのを、見ていたらしい。

「いや、長屋のみんなに助けられたからだ。ふたりだけで立ち向かったら、今

頃、斬られていたかもしれん」

源九郎が言うと、

「そうだな。今日は、長屋の女たちに助けてもらったな」

菅井が言い添えた。

源九郎と菅井は捕らえた男を座敷に上げて、腰を下ろさせた。

男は不安そうな顔をして、自分を取り囲むように腰を下ろした源九郎たちに目をやった。体が震えている。

「おまえの名は」

源九郎が訊いた。

男は戸惑うような顔をして、口を開かなかったが、

「浅次郎《あさじろう》でさァ」

と、小声で名乗った。

「浅次郎、政蔵の指図で長屋に踏み込んできたのだな」

源九郎は念を押した。

源九郎が政蔵の名を出すと、浅次郎はいっとき戸惑うような顔をして口を閉じていたが、

「そうで……」

と、首をすくめて言った。今更、隠しても仕方がないと思ったのだろう。

「政蔵は長屋を襲って、わしらを始末するように命じたのか」

さらに、源九郎が訊いた。

「まァ、そうで……」

浅次郎が小声で言った。

「政蔵と会ったのは、どこだ」

「あっしらが、政蔵親分と会ったときは、西川屋にいやしたが、今は出掛けているようで」

「今も、西川屋にいるのではないか」

源九郎が言った。政蔵が塒《ねぐら》にしているのは、西川屋と小料理屋の桔梗である。

「親分は、西川屋から出掛けることが多いんでさァ」

「そうか」

源九郎は、それ以上訊かなかった。政蔵が西川屋にいなければ、桔梗を探ればいい、と思ったからだ。

源九郎はそばにいた菅井と安五郎に、「何かあったら、訊いてくれ」と声をかけ、浅次郎のそばから身を引いた。

「西川屋で、客の相手をしている志乃と千春のことを知っているか」

菅井が、おしのとおせんではなく、志乃と千春の名を口にした。

「へえ、聞いたことがありやす」

浅次郎が首をすくめて言った。

「ふたりは、どうしている」

「へい、志乃と千春は、店の者には逆らわないようで、言われるままに客の相手をしてやす」

浅次郎は、口許に薄笑いを浮かべてそう言った後、

「志乃の本名は、おしので、千春はおせんと聞いたことがありやす」

と、言い添えた。浅次郎の笑いが消え、不安そうな顔付きになった。今、自分がおしのとおせんが暮らしていた長屋にいて、捕らわれの身であることを思い出したのだろう。

「ふたりとも、元気なのか」

源九郎が、念を押すように訊いた。

「元気でさァ。若《わ》《け》えから……」

浅次郎は、語尾を濁した。源九郎たち長屋の者たちが、何とかおしのとおせんを取り戻してやりたいと思い、西川屋を探ったり、親分の政蔵を討ち取るために居所を探っていることを知っていたのだ。

「そうか」

源九郎が口を閉じると、次に話す者がなく座敷は重苦しい沈黙につつまれた。

六

「政蔵は、西川屋にいないのだな」

黙って聞いていた菅井が、念を押すように浅次郎に訊いた。

「いねえ。親分は、西川屋を出たばかりでさァ」

浅次郎が、菅井に顔をむけて言った。

「どこへ、行ったのだ」

「浜町堀にかかる千鳥橋の近くにある小料理屋と聞きやした」

「そうか。政蔵は西川屋にいないのだな。子分たちは、どうだ。政蔵が西川屋にいないときは、店にいる子分たちも、すくないのではないか」

菅井が訊いた。

「そうでさァ。親分がいねえとき、店に顔を出すと、店の女将に、ただ酒でも飲みにきたんじゃァねえかと、勘ぐられやすからね。それに、店にいてもやることがねえんでさァ。あっしらみてえな男が、料理屋の手伝いをするわけにはいかねえし、いる場所もねえ」

浅次郎が、苦笑いを浮かべて言った。

源九郎はいっとき黙考していたが、

「菅井、おしのとおせんを連れ戻す、いい機会かもしれんぞ」

と、菅井を見つめて言った。

「俺も、今、同じことを思っていた。店に親分の政蔵がいないし、子分たちもすくないようだ。俺たちで、何とかなりそうだ」

菅井が、そう言ってうなずいた。

「すぐ、手を打とう。……こんなときだ。安田の手も借りよう」

源九郎は、安田も一緒にいてくれると心強いと思った。

「俺が、安田に話しておく」

「早い方がいい。政蔵がいつ西川屋にもどるか、知れないからな」

「今日は、無理だ。明日はどうだ」

「よし。明日にしよう。……そうだ。孫六も連れていこう。孫六には、わしが話しておく」

源九郎は、店内を探ったり、おしのとおせんを連れ出したりするのに、孫六は役に立つと思った。

「俺は、これから安田の家に行って話すつもりだが、明朝、長屋の路地木戸のそばにでも集まるか」

そう言って、菅井が腰を上げた。

「明け六ツ(午前六時)ごろは、どうだ。まだ、西川屋に大勢の客が入らないうちに、仕掛けた方がいいだろう」

源九郎が、菅井を見つめて言った。

「明け六ツごろ、路地木戸に集まるのだな」

菅井が念を押すように訊いた。

「そうだ」

「安田に話しておく」

そう言って、菅井は戸口の腰高障子を開けて出ていった。

捕らえた浅次郎は、しばらく源九郎の家に監禁しておくことになるだろう。

翌朝、長屋の路地木戸のそばに、四人の男が顔を揃えた。源九郎、菅井、安田、それに孫六である。

他の三人の仲間、平太と茂次、三太郎の姿はなかった。源九郎は、刃物を手にして闘うことに経験の薄い三人は、かえって足手纏《あしでまと》いになると思い、声をかけなかったのだ。おそらく、菅井や安田も同じように思うだろう。

西川屋に踏み込むと、店内にいる政蔵の子分たちと争うことになる。相手のなかには、匕首や脇差を手にして闘う者もいるだろう。命を落とす者や深手を負う者が、出るとみねばならない。

そうした闘いの場所に、三人を連れていきたくないのだ。

「いいか、無理はするなよ。……おしのとおせんを助けにいったわしらが、怪我をしたり、殺されたりすれば、何のためにおしのとおせんを助けにいったのか、分からなくなるからな」

源九郎が言うと、その場に集まった男たちがうなずいた。

菅井たち三人の顔には、闘志と緊張の色があった。三人とも、源九郎と同じように、西川屋に踏み込むと、店にいる者たちと刃物を手にしての闘いになるとみていたからだ。

源九郎たち四人は長屋から竪川沿いの通りに出ると、大川の方へ足をむけた。そして、大川にかかる両国橋を渡り、人出の多い両国広小路に出てから南に向かい、薬研堀にかかる元柳橋のたもとに出た。このところ、何度か足を運んだ道筋である。

源九郎たちは、元柳橋のたもとから薬研堀沿いの道に入った。まだ、午前中の早いときのせいか、行き来する人の姿は少なかった。料理屋や遊女屋の前にいるはずの客引きの姿も見当たらない。

薬研堀沿いの道をいっとき歩くと、前方に西川屋が見えてきた。店の出入り口には暖簾が出ていたが、店内は静かだった。今から料理屋に入る客は、少ないのだろう。

源九郎たちは、西川屋からすこし離れたところで足をとめた。

「どうだ、踏み込むか」

菅井が、その場にいた男たちに目をやって訊いた。

「踏み込む前に、おしのとおせんが店内にいるかどうか、確かめたい」

源九郎は、おしのとおせんが店にいるか確認するだけでなく、店内のどのあたりにいるのかも、知っておきたかった。

「誰か、店から出てくるのを待つか」

　菅井が訊いた。

「そうだな。しばらく待って、話の聞けそうな者が出てこなかったら、踏み込もう。今なら客がすくないので、店に入ってから探れば、おしのたちの居所も何とかつきとめられるだろう」

　源九郎が言うと、その場にいた男たちがうなずいた。

　源九郎たちは、西川屋から半町ほど離れた柳の樹陰に身を隠した。堀際に植えられた柳は枝葉を繁らせていたが、四人で身を隠すのはむずかしかった。通りかかった者が、柳に目をむければ、姿が見えるだろう。ただ、不審を抱く者はいないはずだ。薬研堀沿いの通りでは、待ち合わせをしている者や料理屋から出てきたばかりの酔客《すいきやく》が、酔いを覚まそうと、堀際で風にあたっている光景をよく目にするからだ。

　源九郎たちが柳の陰に身を隠して半刻（一時間）ほどすると、西川屋の戸口から遊び人ふうの男がひとり、姿を見せた。

「あっしが、訊いてきやす」

そう言い残し、孫六が柳の陰から出た。

孫六は、遊び人ふうの男に近付くと、なにやら声をかけた。そして、ふたりで話しながら大川の方にむかって歩きだした。

ふたりは大川の近くまで行くと、足をとめた。そして、孫六だけが踵を返して戻ってきた。遊び人ふうの男は大川沿いの道に出ると、両国橋の方にむかったらしく、すぐにその姿が見えなくなった。

孫六は、源九郎たちのそばに来ると、

「西川屋に踏み込む、いい機会ですぜ」

と、声高に言った。

「話してくれ」

源九郎が、身を乗り出した。

そばにいた菅井と安田も、孫六に身を寄せた。

七

孫六は源九郎たち三人に目をやって一息ついた後、

「西川屋から出てきた男は、店に出入りしている子分らしいが、まだ使いっ走り《ぱし》のようでさァ」

と、源九郎たち三人に目をやって言った。

「それで」

源九郎が、孫六に話の先をうながした。

「今、西川屋には、子分がふたりしかいねえ。昼過ぎると、何人か顔を出すようだが、今いるふたりは、三下のようですぜ」

「それで、西川屋にいる客は」

源九郎が訊いた。

「まだ、昼前なので、四、五人しか入《へえ》ってねえらしいです」

「子分も客も、まだ何人もいないようだ。……西川屋に踏み込んで、おしのとおせんを連れ出すには、いい機会だな」

源九郎が、その場にいた男たちに目をやって言った。

「店に踏み込もう！」

菅井が言うと、脇に立っていた安田がうなずいた。

「孫六、おしのとおせんは、西川屋のどの辺りにいるか、訊いたか」

源九郎は、おしのとおせんの居場所が分かれば、店内の騒ぎが大きくなる前に、ふたりを助け出せると思ったのだ。

「訊きやした。店の入口から入《へえ》ってふたつ目の部屋が、客の相手をする女たちの居場所になっているそうで」

「政蔵と女将の部屋は」

源九郎が訊いた。

「店の奥の帳場近くにある部屋のひとつが、女将の部屋で、主人の政蔵の部屋はその向かいにあるらしい」

「子分たちの部屋は」

源九郎は、子分たちが寝起きするような部屋もあるのではないかと思った。

「子分たちは、店の裏手にある離れだそうで。……子分たちが店内を歩きまわっていたら、客がよりつかないので、裏手から出入りしているようですぜ」

「そうだろうな。遊び人やならず者が出入りしているのを目にしたら、客は別の店に流れるからな」

源九郎が言うと、その場にいた男たちがうなずいた。

次に口を開く者がなく、その場が沈黙につつまれたとき、

「おしのとおせんを助け出すいい機会だ」

源九郎が、男たちに目をやって言った。

その場にいた菅井、安田、孫六の三人が、うなずいた。

「行くぞ！」

源九郎が言い、菅井と一緒に先にたった。安田と孫六が、間を置かずについてくる。

西川屋の出入り口は、洒落た造りの格子戸になっていた。

「すくないが、客はいるようだ」

源九郎は声をひそめて言った。店内から、客と思しき男と女たちの談笑の声が聞こえたのだ。

「おしのとおせんは、いるかな。客の座敷に出ているかもしれん」

菅井がそうつぶやき、すこしだけ開いている格子戸の隙間から店内を覗いた。

「何か見えるか」

源九郎が訊いた。

「駄目だ。廊下沿いにある部屋の襖《ふすま》と、店の奥につづく廊下が見えるだけだ」

「下手に踏み込むと、おしのとおせんを助け出す前に、わしらを知っている子分がおしのたちを裏手から連れ出すかもしれんぞ」

源九郎が言った。

「どうする」

菅井が小声で訊いた。

そのとき、店のなかから廊下を歩く足音が聞こえた。誰か、店の出入り口に近付いてくるようだ。

「客か子分か分からないが、誰か出てくるぞ」

源九郎が言い、戸口から離れた。そして、隣の店の脇に身を寄せた。菅井、安田、孫六の三人が、源九郎につづいた。

店の格子戸が開き、客と思われる商家の旦那ふうの男と着物姿の年増が姿を見せた。そして、ふたりは店の戸口で足をとめた。

「女将、また、くるぜ」

旦那ふうの男が言った。

「お待ちしてます。……また、可愛い娘《こ》をつけて、楽しんでもらいますから」

女将が笑みを浮かべて言った。色白のほっそりした女である。若くはないが、なかなかの美人だ。

旦那ふうの男は戸口から離れると、薬研堀沿いの道を大川の方へ向かって歩きだした。

女将は戸口に立って男を見送っていたが、その姿が遠ざかると、踵を返して店内にもどった。

「踏み込むぞ」

源九郎が言い、小走りに戸口にむかった。菅井、安田、孫六の三人が、後につづく。

源九郎たちは戸口に身を寄せ、中の様子を窺ってから格子戸を開けた。

戸口の土間の先が、狭い板間になっていた。女将や女中は板間まで出て、入ってきた客を迎えるのだろう。付近に、女将の姿はなかった。店内にある女将の部屋に戻ったようだ。

そのとき、板間の先の狭い座敷にいた着物姿の女が、「いらっしゃいませ」と声をかけて、立ち上がった。店に入ってくる客を出迎えるために、入口近くの座敷にいたらしい。

女は板間まで出て座し、

「お上がりになってくださいませ。今なら、座敷もあいております」

と、三つ指をついて源九郎たちを出迎えた。

「訊きたいことがある」

源九郎が、女の前に立って声をかけた。

「な、何でしょうか」

女が声をつまらせて訊いた。顔から笑みが消え、不審そうな表情に変わった。源九郎たちを客ではなく、店に踏み込んできた無頼《ぶらい》牢人とでも思ったのであろうか。

「ちと、訊きたいことがある」

源九郎が女を睨むように見据えて同じことを口にした。

「……！」

女は息を呑み、源九郎を見上げた。体が小刻みに震えている。

「この店には、志乃と千春という名の娘がいるな」

源九郎はおしのとおせんでなく、西川屋で名乗っているふたりの名を口にした。

女は戸惑うような顔をして、黙っていたが、

「は、はい、おります」

と、小声で言った。店内に入ってきた男たちはただの客ではなく、志乃と千春

のふたりに、かかわりのある者たちと思ったようだ。

「いまも、ここからふたつ目の部屋にいるのか」

源九郎は、店から出てきた男から聞いたことを口にした。

女は驚いたような顔をして源九郎を見た後、

「お、おります」

と、声を震わせて言った。源九郎がふたつ目の部屋と口にしたので、隠せないと思ったらしい。

「邪魔するぞ」

源九郎が、土間から女のいる板間に踏み込んだ。

女は這《は》うようにして身を引き、板間の脇に身を寄せた。息を呑んで、源九郎たちを見つめている。声も出ないほど、怯《おび》えているようだ。

源九郎は女にかまわず、菅井たちに目をやり、

「踏み込むぞ」

と、声をかけた。今はおしのとおせんを助け出すことが、何より大事である。

源九郎に、菅井たち三人がつづいた。

源九郎は奥につづく廊下に踏み込み、戸口からふたつ目の部屋の前で足をとめ

た。そして、襖の前に身を寄せた。部屋のなかで、かすかに物音が聞こえた。着物の裾で畳をするような音である。

源九郎は後続の菅井たちに顔をむけ、「開けるぞ」と小声で言い、襖を開けた。

五人の女がいた。いずれも派手な着物姿で、白粉《おしろい》で顔を真っ白にし、唇を赤く染めている。

「おしの、おせん、助けにきたぞ!」

源九郎が声をかけた。白粉で顔を染めていても、五人のなかにいる二人が、おしのとおせんだと、分かった。

おしのが息を呑んで、部屋に入ってきた男たちを見た後、

「は、華町様……」

と、声をつまらせて言った。

すると、おしの脇にいたおせんが、

「菅井さまたちも!」

そう言って、身を乗り出した。体が震えている。

「歩けるか。俺たちと一緒に、長屋に帰ろう」

菅井が声をかけた。

だが、おしのとおせんは、立ち上がろうとしなかった。戸惑うような顔をして、体を震わせている。

「心配するな。後はわしらが、何とかする。……長屋のみんなが、待っているぞ」

源九郎が言うと、おしのとおせんは、涙ぐんだ。そして、ふたりで顔を見合わせ、うなずきあった。

「立てるか」

孫六はふたりを立たせてやろうと思ったらしく、慌ててふたりに近付いた。

「立てます」

おしのが言い、ふたりは立ち上がった。

源九郎と孫六が先になり、菅井と安田がおしのとおせんの背後にまわった。そして、源九郎が座敷に残った三人の女に、

「わしらは、このふたりと同じ長屋に住む者でな、ふたりを助けに来たのだ。……店の女将に訊かれたら、客らしい男が何人も来て、ふたりを連れていった、とでも、話しておいてくれ」

そう言って、急いで、おしのとおせんを店から連れ出した。

源九郎たちは長屋にもどると、おしのとおせんをそれぞれの家まで連れていった。

おしのとおせんの親たちは娘と顔を合わせると、驚きと喜びで涙を流しながら抱き合った。そして、娘を助けてくれた源九郎たちに、何度も深々と頭を下げて御礼の言葉を口にした。

源九郎は、それぞれの親に、

「心配することはないぞ。これからは、ふたりとも、長屋で暮らせる」

そう話した。源九郎の胸の内には、長屋の娘たちを守るためにも、親分の政蔵をこのままにしてはおけない、という強い思いがあった。

第三章　攻 防

一

四ツ（午前十時）ごろだろうか。源九郎はひとり、長屋の自分の家で遅い朝飯を食い終え、茶を飲んでいた。

源九郎の家に監禁していた浅次郎は、昨日解き放った。家に監禁しておくのは面倒だし、おしのとおせんを助け出すことが出来たので、解き放っても支障はないだろうと考えたのだ。それに、浅次郎はしばらく親分の許にはもどらないと話していた。

そのとき、戸口に近付いてくる足音がした。聞き覚えのある孫六の足音である。

足音は戸口でとまり、腰高障子の向こうで、「華町の旦那、いやすか！」と孫六の声が聞こえた。何かあったらしく、孫六の声がうわずっている。

「いるぞ、入ってくれ」

源九郎が声をかけた。

すぐに腰高障子が開き、孫六が姿を見せた。走って来たらしく、顔が赤らみ、汗で光っている。

源九郎は孫六が土間に入ると、

「どうした、何かあったのか」

すぐに、訊いた。

「だ、旦那、長屋を探っている男がいやすぜ」

孫六が声をつまらせて言った。

「どこにいる」

「一ツ目橋《ひとつめばし》の近くでさァ」

孫六は土間に立ったまま言った。一ツ目橋は竪川にかかっており、源九郎たちの住む長屋から近かった。

「探っている男は、何者だ」

源九郎は手にした茶碗を脇に置いた。

「遊び人ふうの男がふたりいやす。長屋につづく道から出てくる者を捕まえて、おしのとおせん、それに旦那たちのことを訊いているようでさァ」

孫六の声が、昂《たかぶ》ってきた。

「政蔵の手の者だな」

源九郎は、政蔵が子分たちに、西川屋から連れ戻されたおしのとおせんのことを探るよう命じたのだろう、と思った。政蔵は、己の住家でもある西川屋から、おしのとおせんを連れ戻され、顔を潰されたと思ったに違いない。

「あっしも、政蔵の子分たちとみやした」

孫六が言った。

「このままにしておけないな。長屋の者に、手を出すかもしれん」

源九郎はそう言った後、

「孫六、わしらのことを探っているのは、ふたりだな」

と、念を押した。

「ふたりでさァ」

「孫六、菅井と安田をここに呼んできてくれ。わしらのことを探っている者を捕らえて、話を訊いてみる」

源九郎は、おしのとおせんだけでなく、長屋の者を守るためにも、政蔵がどんな手を打とうとしているのか、知りたかった。政蔵や子分たちの今後の動きによっては、政蔵を討つだけでなく、子分の主《おも》だった者も始末しなければならない。西川屋に踏み込んで、おしのとおせんを助け出した自分たちだけでなく、長屋の住人がどんな目に遭うか分からないのだ。

「呼んできやす」

孫六は、すぐに戸口から出ていった。

いっときすると、近付いてくる三人の足音が聞こえた。足音は戸口でとまり、腰高障子が開いた。姿を見せたのは、孫六、菅井、安田の三人である。

「孫六から、話を聞いたか」

源九郎が立ち上がって、孫六たち三人に目をやった。

「話は聞いた。何か、手を打たないとな」

菅井が言うと、孫六と安田がうなずいた。

「長屋を探っている男をひとり捕らえ、話を聞いてみるか。政蔵がどんな手を打つつもりなのか、知りたい。場合によっては、政蔵や主だった子分たちを始末しなければ、わしらだけでなく、長屋の住人からも犠牲者が出るかもしれん」

源九郎が言った。

「これから行って、一ツ目橋の近くで俺たちのことを訊いている男を捕まえて、話を訊いてみよう」

菅井が、その場にいた男たちに目をやって言った。

「今から、行こう！」

安田が声高に言うと、菅井と孫六もうなずいた。

「わしも行く」

源九郎は座敷の隅に置いてあった大刀を手にして、土間に下りた。

源九郎、菅井、安田、孫六の四人は、長屋の路地木戸を出た。そして、竪川の方へ足をむけていっとき歩くと、竪川沿いの通りが見えてきた。

「あそこに、いやす！」

孫六が、竪川沿いの通りにいたふたりの男を指差した。ふたりとも、遊び人ふうの男だった。竪川の岸際に立っている。そこで、長屋のことを聞けそうな者が出て来るのを待っているようだが、まだ、源九郎たちには気付いていない。

「どうする」

安田が、源九郎に訊いた。

「ふたりか。やはり、このままにしておけないな。……ふたりを捕らえて話を訊けば、政蔵や子分たちが、何をしようとしているか、分かるはずだ」

源九郎が言うと、その場にいた男たちがうなずいた。

「俺が先に、通りに出る。まだ、あいつらに、俺の顔は知られていないだろう」

安田が言って、その場を離れた。

安田は通行人を装い、身を隠さずに竪川沿いの道にむかった。源九郎、菅井、孫六の三人は安田から少し離れ、通り沿いの店や樹木の陰などに身を隠しながら歩いていく。

先を行く安田は、遊び人ふうの男の近くまで来たが、ふたりの男はその場から離れようとしなかった。ひとりで歩いてくる安田を目にしても、源九郎たちの仲間とは思わなかったようだ。

安田は竪川沿いの通りに出ると、身を隠そうともせず、ふたりの前を通り過ぎた。そのまま、両国橋の方に歩いていく。

遊び人ふうのふたりの男は、安田には目をむけず、伝兵衛店の方に目をむけている。まだ、近付いてくる源九郎たちには、気付いていないようだ。

二

安田は、路傍にいるふたりの男から一町ほど離れたところで足をとめ、振り返ってふたりの男に目をむけた。

ふたりの男は、長屋につづく通りの先に目をやっている。源九郎たちのことを探るために、話の聞けそうな者が出てくるのを待っているのだろう。

一方、安田は踵を返し、ゆっくりとした足取りで、ふたりの男のいる方にもどってきた。

ふたりの男は、もどってくる安田に気付かない。

一方、源九郎、菅井、孫六の三人は、足を速めた。そろそろ、安田が踵を返して、ふたりの男のいる方に戻ってくる、とみたのである。

源九郎たちは姿を隠さずに、道のなかほどを足早に歩いていく。これを見たふたりの男は、戸惑うような顔をした。

「お、おい、やつらは、俺たちに気付いたのかな」

年上と思われる男が、声をつまらせて言った。

「気付かれたかもしれねえ。……逃げやすか。相手は三人だ。それに、ふたりの二本差しは、腕がたつ」

まだ若い瘦身《そうしん》の男は、逃げ腰になっている。

「逃げよう。やつらの目にとまって襲われれば、太刀打ちできないぞ」

そう言って、年上の男は、両国橋の方に足をむけた。瘦身の男が、慌ててついてくる。

だが、ふたりは半町も歩かずに、足をとめた。目の前に、安田が立っていたからだ。

「て、てめえも、長屋の……」

年上の男が、声を震わせて言った。

「先回りしてな。ここで、おまえたちを待っていたのだ」

安田が、右手を刀の柄《つか》に添えたまま言った。

「あ、兄い、どうしやす」

瘦身の男が、年上の男に聞いた。

「前にいるやつだけじゃァねえ。後ろからも、二本差しがくる」

そう言って、年上の男は、辺りに目をやった。近くに逃げ道がないか、探したのだ。

の脇に立った。

「だめだ。逃げ場がねえ」

年上の男は、仕方なく竪川の岸際に身を寄せた。慌てて、痩身の男が年上の男

そこへ、安田が近付いてきて、ふたりの男から四、五間離れたところで足をとめた。源九郎たちがそばに来るまで、ふたりの男の逃げ道を塞《ふさ》ごうと思ったのだ。

源九郎、菅井、孫六の三人は、竪川沿いの通りに出ると、竪川の岸際に立っている男に足をむけた。そして、ふたりの男から四、五間離れた場所で立ち止まった。安田と同じほどの間合をとったのだ。

「お、俺たちを、どうする気だ！」

岸際に立っている年上の男が、声をつまらせて訊いた。

「どうするかは、ふたり次第だ。わしらにおとなしく従えば、手荒なことはせぬが、逆らえば、この場で斬り捨てるかもしれん」

源九郎が、ふたりの男の前に立って言った。

ふたりの男は、戸惑うような顔をしてお互いに目をやったが、

「お、俺たちは、逆らったりしねえ」

と、年上の男が、声をつまらせて訴えた。すると、脇にいた痩身の男も、「あっしも、言うとおりにしやす」と、首をすくめて言った。

「この場で、話を訊くわけにはいかないな。近くだから、長屋まで来てもらうか」

源九郎が、周囲に目をやって言った。

付近に、人だかりができていた。竪川の通りは行き交う人が多く、足をとめて、源九郎たちに目をやっている。

源九郎たちは、足早にその場を離れた。そして、ふたりの男を伝兵衛店に連れていき、源九郎の家に連れ込んだ。同行した菅井と安田、孫六も家に入って、源九郎のそばに腰を下ろした。

「ここは、わしの家だ。独り暮らしでな、おまえたちに何をしても、文句を言うような者はいない」

源九郎はそう言った後、

「まず、名を聞かせてもらうか」

と、ふたりの男に目をやって言った。

年上の男は、戸惑うような顔をして源九郎を見たが、

「あっしの名は、豊造《とよぞう》で」

と、すぐに名乗った。いまさら名を隠しても、どうにもならないと思ったのだろう。すると、豊造の脇に座していた痩身の男も、

「弥七《やしち》でさァ」

と、首をすくめて名乗った。

ふたりとも源九郎たちに取り囲まれ、名を隠す気が失せたようだ。

「豊造と弥七か」

源九郎はそうつぶやいた後、

「ふたりは、おしのとおせんのことを探っていたようだが、親分の政蔵に命じられたのではないか」

と、政蔵の名を出して訊いた。

豊造と弥七は、戸惑うような顔をして口をつぐんでいたが、

「そうでさァ」

と、豊造が言った。すると、脇にいた弥七が、

「おしのとおせんを西川屋から連れ出されたままでは、俺の顔が立たねえ、と親分に言われやして、ふたりの様子を探りに来たんでさァ」

そう言って、豊造に目をやった。

豊造は渋い顔をしてうなずいた。豊造も源九郎たちに取り囲まれ、隠せないと思ったようだ。

源九郎はいっとき間をとった後、

「それで、政蔵は、おしのとおせんを西川屋に連れ戻すつもりなのか」

と、豊造と弥七に目をやって訊いた。

「そのようで……」

豊造が小声で言った。

「わしらが西川屋からおしのとおせんを連れ出し、長屋の家に帰したので、政蔵は顔が立たないと思ったのだな」

源九郎が言うと、

「華町、顔を潰されたと思っている政蔵は、なかなか手を引かないぞ。これからも、おしのとおせんを連れ戻すために手を打ってくる」

菅井が、語気を強くして言った。

「菅井の言うとおりだ。わしらも手をこまねいて、政蔵が手を打ってくるのを見ているわけにはいかないな」

源九郎が言うと、その場にいた菅井、安田、孫六の三人は、顔を見合わせてうなずいた。

次に口を開く者がなく、座敷が重苦しい沈黙につつまれたとき、

「どうだ、二手に分かれないか」

源九郎が、菅井たち三人に目をやって言った。

「二手に分かれて、どうするのだ」

菅井が訊いた。

「政蔵の居所を探って、機会があれば討ち取るのだ。それまで、長屋を守る者と調べをする者に分かれよう」

源九郎が、菅井たち三人に目をやって言った。

「それしかないな」

菅井が言うと、安田と孫六がうなずいた。

「よし、これで話は決まりだ。……どうだ、わしと孫六とで、政蔵の居所を探る。菅井と安田は、長屋に残ってくれないか」

源九郎はそう言って、菅井と安田に目をやった。

「いいだろう」

菅井が言うと、安田がうなずいた。

「華町、政蔵の居所を探るとなると、長屋を留守にせねばなるまい。どうだ、豊造と弥七は、俺が預かってもいいぞ」

菅井が、座敷にいる男たちに目をやって言った。

「菅井に頼むか」

源九郎は、豊造と弥七を部屋に残したまま長屋を出るより、菅井にふたりを預かってもらった方が気が楽だと思った。それに、政蔵たちの始末がつけば、解き放ってもいいのである。

三

翌朝、源九郎と孫六は、朝飯を早めに食べて長屋を出ると、薬研堀にむかった。西川屋に当たり、政蔵がいるかどうか探るのだ。いれば、機会を見て政蔵を討つつもりだった。いなければ、行き先をつきとめねばならない。

源九郎と孫六は、竪川沿いの通りに出て両国橋に足をむけた。そして、賑やかな両国広小路を経て、薬研堀に出た。まだ、午前中のせいか、薬研堀沿いの通りは、人出がすくなかった。

源九郎と孫六が薬研堀沿いの道をいっとき歩くと、道沿いにある西川屋が見えてきた。

西川屋の店先には暖簾が出ていたが、ひっそりとしていた。まだ、午前中なので、飲み食いする客は、少ないようだ。以前、おしのとおせんを助け出すために西川屋に来たときも午前中で、店は静かだった。

源九郎と孫六は、西川屋から少し離れた薬研堀の岸際に足をとめた。

「おしのとおせんを助けにきたときも、今頃だったな」

源九郎が、西川屋に目をやりながら言った。

「どうしやす」

孫六が訊いた。

「いずれにしろ、西川屋に政蔵がいるかどうか、探らないとな」

源九郎は、政蔵がいれば、店を見張り、機会をとらえて政蔵を討つ手もあると思った。

「店に踏み込みやすか」

「駄目だ。店には、子分たちがいるだろう。踏み込んで店内で襲われたら、わしらが討たれる。……長丁場になるが、政蔵が出てくるのを待つしかないな」

源九郎が言うと、孫六は渋い顔をしてうなずいた。

源九郎と孫六は、西川屋からすこし離れた薬研堀の岸際に植えられた柳の陰に身を隠した。その場から、西川屋を見張るのだ。

それから、半刻（一時間）ほど経ったとき、西川屋の表戸が開いて、女将のおれんと客らしい初老の男が出てきた。初老の男は、小袖に黒羽織姿だった。商家の旦那ふうの恰好である。

おれんは初老の男と何やら言葉を交わしたが、初老の男が店先から離れると、踵を返して店内にもどった。

「あっしが、あの男に訊いてきやす」

そう言って、孫六は初老の男の跡を追った。

孫六は初老の男に何やら声をかけ、ふたりで肩を並べて大川の方へむかった。ふたりは話しながら、一町ほど歩いたろうか。孫六だけが、足をとめた。孫六は初老の男が離れると、踵を返して、足早にもどってきた。

源九郎は孫六がそばに来るのを待ち、

「店に、政蔵はいたか」

と、すぐに核心から訊いた。

「それが、いねえようで……」

孫六が初老の男から聞いた話によると、初老の男は馴染みの客で、店の主人でもある政蔵がいれば、座敷に顔を出すという。

「顔を出さなかったのだな」

源九郎が、念を押すように訊いた。

「それに、座敷に来た女将が、うちの旦那は出掛けている、と話したそうで」

孫六が言った。

「政蔵は店にいないようだが、行き先は分かるか」

「分からねえ、あっしが話を訊いた男も、政蔵の行き先は耳にしなかったらしい」

「そうか」

源九郎が口を閉じると、孫六も黙ったまま西川屋に目をやった。

それから半刻(一時間)ほど経ったが、客も政蔵の子分と思われる男も、店から姿を見せなかった。

孫六が生欠伸《なまあくび》を噛み殺し、両手を突き上げて伸びをしたとき、店の入口の格子戸が開いて、女将のおれんと遊び人ふうの男がひとり出てきた。

「政蔵の子分らしいな」

源九郎が、ふたりを見つめて言った。

「女将のおれんが、子分のひとりに何か頼んだのかもしれねえ」

孫六は身を乗り出して、遊び人ふうの男を見つめている。

「政蔵に何か知らせたいことがあって、言伝《ことづて》を頼んだのではないか」

源九郎が言った。

「そうかもしれねえ。……あっしが、あの男に政蔵の居所を訊いてきやすよ」

孫六はそう言い残し、遊び人ふうの男の後を追った。

孫六は遊び人ふうの男に何やら声をかけ、話しながら薬研堀沿いの通りを大川の方にむかった。そして、ふたりの姿が遠ざかったところで、孫六だけが路傍に足をとめた。遊び人ふうの男は、そのまま大川の方へ歩いていく。

孫六は男が離れると踵を返し、小走りに源九郎のそばに戻ってきた。

「孫六、政蔵のことで何か知れたか」

すぐに、源九郎が訊いた。

「そ、それが、あっしらの長屋に、むかったらしいんで」

孫六が、声をつまらせて言った。

「なに！　伝兵衛店に、行ったのか」

源九郎が驚いたような顔をした。

「そうらしいです」

孫六が足踏みしながら言った。

「長屋を襲う気か！」

源九郎は、「長屋にもどるぞ！」と孫六に声をかけ、小走りに大川沿いの道にむかった。

孫六は、慌てて源九郎の後を追った。

源九郎と孫六は両国橋のたもとに出て、両国広小路を行き交う人の間を縫うようにして足早に通り抜けた。そして、竪川にかかる一ツ目橋のたもとを過ぎて、伝兵衛店のある通りに入った。いっとき足早に歩くと、前方に伝兵衛店が見えてきた。

源九郎と孫六は息が切れたが、それでも伝兵衛店が近付くと小走りになった。

ふたりが源九郎の住居《すまい》のある棟の前まで来ると、腰高障子の向こうから、菅井と安田の話し声が聞こえた。ふたりの声には、昂った響きがあった。

源九郎が、腰高障子を開けた。

土間の先の座敷に、安田と菅井、それに畳の上に横たわっている安五郎の姿があった。安五郎のまわりの畳が血に染まっている。

四

「何があったのだ!」

源九郎が声高に訊いた。

菅井が身を乗り出すようにして、源九郎と孫六に目をやり、

「い、いきなり、政蔵の子分たちが踏み込んできて!」

そう言った後、一息つき、

「座敷にいた安五郎に、斬りつけたのだ。あまりに急な出来事だったので、止める間もなかった」

と、言い添えた。菅井は残念そうな顔をして、血塗《ちまみ》れになって死んでいる安五郎に目をやっている。

安五郎は、首から胸にかけて斬られていた。深い傷だった。一太刀で命を落としたのだろう。

源九郎と孫六は座敷に上がり、横たわっている安五郎のそばに腰を下ろした。

「踏み込んできた男たちのなかに、政蔵もいたのか」

源九郎が、念を押すように訊いた。

「はっきりしないが、政蔵は戸口にいたらしい。恐らく、政蔵は連れてきた子分たちに、家に踏み込んで安五郎を斬るように命じ、自分は戸口で様子を見ていたのだ」

菅井はそう言って、傍らに座している安田に目をやった。

安田は渋い顔をしてうなずいただけで、何も言わなかった。

「政蔵自身も、安五郎の口封じに来たのか。……それに、長屋の様子を見に来たのかもしれん」

源九郎が、つぶやくような声で言った。

「政蔵は、自分たちに盾突《たてつ》いて、西川屋からおしのとおせんを連れ戻した俺たちが、どんな相手なのか、自分の目で確かめたかったのだろうな」

菅井が、膝先に視線を落としたまま言った。

次に口を開く者がなく、その場が重苦しい沈黙につつまれたとき、

「政蔵は、これで長屋から手を引くかな」

そう言って、安田が横たわっている安五郎に目をやった。

「わしら次第だな」

源九郎が言うと、その場にいた菅井、安田、孫六の目が、源九郎に集まった。

「安五郎を始末したが、まだ、助け出したおしのとおせんが、残っている。政蔵は子分や店にいる娘たちに、俺に逆らって逃げたりすれば、こうなる、と示すためにも、おしのとおせんを連れ戻そうとするだろうな。政蔵自身が、子分たちを引き連れて長屋に乗り込んでくるようなことはないだろうが、子分たちに命じ、おしのとおせんを連れ戻すか、始末しようとするはずだ」

源九郎は、血塗れになっている安五郎を見つめたまま話した。

「まだ、政蔵たちから目が離せないのか」

菅井が、視線を膝先に落としてつぶやいた。

次に口を開く者がなく、座敷はいっとき重苦しい沈黙につつまれていたが、

「何とかして、政蔵を討つしかないな」

源九郎が語気を強くしてそう言うと、その場にいた男たちがうなずいた。

「政蔵を討つために、俺たちはどう動いたらいい」

と、菅井が座敷にいる男たちに目をやって訊いた。

つづいて口を開く者がなかったが、いっときして、

「西川屋にいる政蔵を討つのは、難しい。子分たちだけでなく、店には女たち、それに客がいるときが多いからな。政蔵が西川屋の者や子分たちから離れ、ひとりになったときを狙うしかないな」

源九郎が言うと、菅井が身を乗り出し、

「おい、安五郎から、政蔵は千鳥橋近くにある小料理屋を贔屓にしていて、出掛けることがあると聞いて、行ったことがあるな」

と、男たちに目をやって言った。

「行った。確か、小料理屋の名は、桔梗だったな」

源九郎が言い添えた。すると、菅井と孫六がうなずいた。

「どうだ、政蔵が西川屋にいなかったら、桔梗に当たってみるか。桔梗にいれば、政蔵を討ついい機会だぞ。おそらく、政蔵はひとりで行くはずだ。情婦《おんな》のいる桔梗に、子分を何人も連れていくはずはないからな」

源九郎が、男たちに目をやって言った。

「それがいい。……まず、西川屋に政蔵がいるかどうか確かめてからだな」

菅井が同意した。

翌朝、菅井と孫六のふたりが、薬研堀にある西川屋にむかった。西川屋に政蔵がいるか確かめるだけなので、大勢で行く必要はなかったのだ。

源九郎は長屋の家に顔を出した安田とふたりで、菅井と孫六がもどるのを待ったが、ふたりはだいぶ遅れた。なかなか姿を見せなかった。菅井と孫六が長屋にもどったのは、昼をだいぶ過ぎてからだった。

孫六は座敷にいる源九郎を見るなり、

「遅くなっちまって、申し訳ねえ」

と、首をすくめて言った。

「西川屋から、話の聞けそうな者が、なかなか出てこなくてな」

菅井が、言い添えた。

「それで、政蔵はいたのか」

源九郎が訊いた。

「いなかった。……店から出てきた客に聞いたんですがね。政蔵は、昼ごろ西川屋を出たそうで」

孫六が、源九郎と安田に目をやって言った。

「政蔵の行き先は」

源九郎が、身を乗り出して訊いた。

「分からねえ。話を訊いた客は、政蔵の姿を目にしただけで、行き先までは知らなかったんでさァ」

孫六が言うと、そばにいた菅井がうなずいた。

「どうだ、桔梗に行ってみるか。政蔵がいなくても、女将なら政蔵の居所を聞いているかもしれん」

源九郎は、いずれにしろ、自分の目で桔梗に政蔵がいるかどうか確かめておきたい、と思った。

「行ってみよう」

安田が、菅井と孫六に目をやって言った。

五

源九郎、菅井、安田、孫六の四人は長屋を後にし、竪川沿いの通りに出て両国橋の方にむかった。そして、両国橋を渡り、賑やかな両国広小路に出ると、いっとき人混みのなかを歩いてから、左手にある道に入った。その道の先には、浜町堀にかかる汐見橋がある。

汐見橋のたもとを南に向かい、浜町堀沿いの道をいっとき歩けば、千鳥橋のたもとに出られる。そこから、桔梗はすぐである。

源九郎たちは、浜町堀沿いの道を南にむかって歩いた。すぐに、千鳥橋が近くに迫ってきた。橋を行き来する人の姿が、はっきり見える。

源九郎たちは千鳥橋のたもとまで行くと、見覚えのある八百屋の脇の細い道に入った。以前来たときに、その道沿いに桔梗があるのを目にしていたのだ。

源九郎たちは桔梗のそばまで来ると、路傍に足をとめた。以前見たときと変わらず、店の戸口は洒落た格子戸になっている。

「変わりないな」

源九郎が、桔梗に目をやって言った。

「客がいるようだ」

菅井がそう言って、桔梗に近付いた。店内から、人の話し声が聞こえた。その声から、女と男の話し声だと知れたが、男が政蔵かどうか分からない。

源九郎、安田、孫六の三人は、人目を引かないように桔梗から少し離れた路傍に立ち、そこで、一休みしながら世間話でもしているように見せた。

菅井は桔梗の戸口に身を寄せ、店内の様子を窺っていたが、いっときして源九郎たちのいる場にもどってきた。

「どうだ、政蔵はいたか」

すぐに、源九郎が訊いた。

「それが、店内から聞こえたのは、職人らしい男の話し声と女将の声だけだ。……ただ、政蔵がいないとは言いきれない。小座敷にでもいて、ひとりで飲んでいたのかもしれん」

「そうだな。店の裏手に別の座敷があるのかもしれんし、話し声を聞いただけでは、政蔵がいるかどうかはっきりしないな」

「どうしやす」

孫六が訊いた。

「しばらく桔梗を見張って、店から出てきた客に訊いてみるか。そうしている間に、政蔵が姿を見せるかもしれん」

源九郎が言うと、菅井たち三人がうなずいた。

源九郎たち四人は、桔梗の斜向かいにあった蕎麦屋の脇に身を隠した。それから、小半刻（三十分）ほど経ったろうか。桔梗の表戸が開いて、職人ふうの男と年増が姿を見せた。年増は店の女将だろう。源九郎たちは、女将が政蔵の情婦であることは知っていた。

職人ふうの男は、女将に、

「およしさん、また、来るよ」

と、声をかけ、ゆっくりとした足取りで店先から離れた。

およしという名らしい女将は、桔梗の戸口に立ったまま男の後ろ姿を見送っていたが、男が遠ざかると、踵を返して店内にもどった。

「あっしが、あの男に訊いてきやす」

孫六が源九郎たちに声をかけ、小走りに男の跡を追った。

孫六は男に追いつくと、何やら声をかけ、ふたりで肩を並べて歩きだした。おそらく店内の様子を訊いているのだろう。

孫六は男と話しながら半町ほど歩いてから、路傍に足をとめた。そして、男に声をかけ、小走りに源九郎たちのそばに戻ってきた。男は一度、背後に目をやって孫六を見たが、その後は振り返ることもなく、足早に離れていった。

源九郎は孫六がそばに来ると、

「政蔵は、店にいたか」

すぐに訊いた。その場にいた菅井と安田も、孫六に目をむけている。

「それが、いねえようです。店を出た後らしい」

孫六が肩を落として言った。

「ここに来るのが、遅かったようだ。……政蔵がいない桔梗を見張っていても、仕方ないな。今日は、諦めて帰るか」

源九郎が残念そうな顔をして、その場にいた菅井たち三人に目をやった。

「今日のところは、帰るしかないな」

菅井が言うと、安田と孫六がうなずいた。

源九郎たちは来た道を引き返し、相生町にある長屋まで帰った。

長屋の路地木戸を過ぎると、

「わしの家に、寄っていけ」

源九郎が菅井たちに声をかけた。

「華町の家で、一休みさせてもらうか」

菅井が言うと、安田と孫六がうなずいた。

源九郎は自分の家の戸口まで来ると、腰高障子を開けた。家のなかには、誰もいなかった。安五郎が殺されてからは、これまでどおり、源九郎がひとりで暮らしていたのだ。

源九郎は先に座敷に腰を下ろし、菅井、安田、孫六の三人が腰を下ろすのを待ってから、

「茶でも淹れようか」

と、声をかけた。

「湯は沸いているのか」

菅井が、戸惑うような顔をして訊いた。

「いや、これから火を焚《た》き付けて、湯を沸かすのだ」

そう言って、源九郎が腰を上げようとした。

「華町、待て！」

菅井が声をかけ、

「これから湯を沸かすなら、竈《かまど》に火を入れて、飯でも炊いたらどうだ。夕めしを食わないことには、腹が減って眠れないだろう」

と、話した。

「そうだな」

源九郎が、苦笑いを浮かべて言った。

源九郎たち四人は、座敷に腰を下ろしたまま、いっとき桔梗を見張ったときの

ことを話した後、これからどうするか相談した。

「ともかく、政蔵をどうにかしないと、安心して眠れないぞ」

源九郎が言うと、菅井たち三人がうなずいた。

次に口を開く者がなく、その場が重苦しい沈黙につつまれたとき、

「いずれにしろ、政蔵を討つしかないな」

菅井が、源九郎たち三人に目をやって念を押した。

「西川屋と桔梗を探れば、どちらかに政蔵はいるはずだ。……必ず、政蔵を討つ機会がある」

源九郎が語気を強くして言った。

すると、その場にいた菅井、安田、孫六の三人がうなずいた。三人とも、源九郎と同じようにみていたのだろう。

「明日から、西川屋も探ってみよう」

源九郎が言うと、菅井たち三人は、すぐに承知した。

六

翌日の四ツ（午前十時）ごろ、源九郎は遅い朝飯を食い終え、座敷でひとり、

茶を飲んでいた。

戸口に近付いてくるふたりの足音がし、腰高障子の向こうで、

「華町、いるか」

と、菅井の声がした。

「いるぞ。入ってくれ」

源九郎が声をかけると、腰高障子が開いて、菅井と孫六が姿を見せた。

「おい、朝めしは食ったのか」

菅井が、茶化すように訊いた。

「ああ、朝めしを食い終えて、茶を飲んでいたところだ。菅井たちも、茶を飲むか」

源九郎は、そう言って腰を上げようとした。

「茶はいい。茶を飲んでから、ここに来たのだ」

菅井は、上がり框から座敷に上がった。

菅井につづいて孫六も上がり、座敷のなかほどに腰を下ろした。ふたりとも、自分の家であるかのように、遠慮などまったくしなかった。

「華町、どうする。今日も、桔梗に行ってみるか」

菅井が訊いた。

「いや、今日はやめておこう、桔梗に行っても、政蔵はいないだろう」

源九郎はそう言った後、いっとき間を置いてから、

「どうだ、薬研堀に行ってみないか」

と、菅井と孫六に目をやって言った。

「政蔵は、西川屋に帰っているとみたのか」

菅井が訊いた。

「まァ、そうだ。西川屋に政蔵がいなくても、女将のおれんや子分たちはいる。おれんは無理でも、子分たちを押さえて、話を訊くことはできる。……政蔵が西川屋にもどる日を訊くこともできるし、政蔵がこの後、どんな手を打ってくるのか、知ることができるかもしれない」

源九郎は、西川屋を探れば、無駄骨に終わることはないとみた。

「よし、これから薬研堀へ行くぞ」

菅井が言うと、孫六がうなずいた。

「孫六、安田に声をかけてくれないか」

源九郎は、安田も連れていこうと思った。腕のたつ安田は、政蔵の子分たちに

襲われたとき、頼りになる。「安田の旦那に、声をかけてきやすよ」

そう言って、孫六が腰を上げた。

いっとき待つと、孫六が安田を連れてもどってきた。

「出掛けるか」

源九郎が、集まっていた男たちに目をやってから腰を上げた。

「行きやしょう」

孫六が意気込んで言った。

源九郎、孫六、菅井、安田の四人は、長屋を出ると、薬研堀にむかった。このところ、何度も西川屋に出掛けていたので、その道筋も分かっている。

源九郎たち四人は薬研堀沿いの通りに入ると、人目を引かないようにすこし離れて歩いた。

先頭を歩いていた孫六が、西川屋からすこし離れた堀際に足を止めた。そして、西川屋に目をやった後、後続の源九郎たちを手招きして、そばに呼んだ。

源九郎たちがそばに来ると、

「変わった様子はねえ」

　孫六が西川屋を見つめたまま言った。

「政蔵は、店に帰っているかな」

　源九郎は、政蔵がどこで何をしているのか、知りたかった。この場にいる男たちも同じ思いにちがいない。

「店に踏み込むわけにはいかねえが、店から出て来た客に訊いてみやすか。政蔵がいるかどうか、分かるかもしれねえ」

　孫六が源九郎に目をやって言った。

「そうだな。……どうだ、柳の陰にでも身を隠して、話の聞けそうな者が出てくるのを待つか」

　源九郎が言うと、その場にいた男たちがうなずいた。

　源九郎たちは、西川屋から少し離れた場で枝葉を繁らせていた柳の陰にまわった。これまでも、源九郎たちは柳の陰に身を隠して、西川屋を見張ったことがあったのだ。

　それから、半刻（一時間）ほど経ったろうか。なかなか、話の訊けそうな客は出てこなかった。

「あっしが、店の戸口まで行って、様子を見てきやしょうか」

そう言って、孫六が柳の陰から出ようとして歩きだしたとき、不意に足がとまった。

「出てきやした！」

孫六はそう言って、慌てて樹陰にもどった。

西川屋の表戸が開いて、女将のおれんと客らしい男がふたり、姿を見せたのだ。ふたりの男は、商家の旦那ふうだった。商談のために、西川屋を利用したのかもしれない。

ふたりの男はおれんに何やら声をかけ、店先から離れた。話しながら、大川の方へむかって歩いていく。

おれんはふたりの男が店先から離れると、踵を返して店内にもどった。

「あっしが、あのふたりに、訊いてきやすよ」

孫六はそう言い残し、樹陰から出ると、ふたりの男の跡を追った。こうしたことは、孫六の役割だった。武士である源九郎たちより、孫六の方が話を訊きやすいのだ。

孫六はふたりの男に追いつくと、声をかけ、肩を並べて歩きだした。孫六はふたりから、話を聞いているらしい。

孫六はふたりの男と話しながら一町ほど歩くと、足をとめた。そして、踵を返して源九郎たちの方にもどってきた。ふたりの男は振り返ることもなく、薬研堀沿いの道を大川の方へむかって歩いていく。

孫六は源九郎たちのそばに戻るなり、

「ま、政蔵は、店にいるようですぜ」

と、声をつまらせて言った。急いで来たので、息が乱れたらしい。

「帰っていたか。それで、政蔵のことで何か知れたか」

源九郎が訊いた。

「変わった様子はないらしい。客のいた座敷に、挨拶に来たそうでさァ。帳場でも手伝っていたらしく、畳んだ前垂《まえだ》れを手にしていたそうですぜ」

「どうする」

源九郎が、その場にいた男たちに目をやって訊いた。

「店に踏み込んで、政蔵を討つわけにはいかないな。俺たちが店に踏み込んだだけで、大騒ぎになるからな。……そうかと言って、政蔵が店から出てくるのを待っても無駄骨に終わりそうだ。政蔵が店を手伝っているところからみて、今夜は店に泊まるのではないかな」

菅井が言うと、

「わしも、政蔵は明日まで店から出てこない、とみたが」

源九郎が、孫六、菅井、安田の三人に目をやって言った。

菅井はうなずいた後、

「これ以上、西川屋を見張っていても、どうにもならないな。……今日のところは、長屋に帰るか」

と、源九郎たちに訊いた。

「そうだな。長屋に帰って、明日、出直そう」

源九郎が言うと、その場にいた男たちが頷いた。

七

源九郎は長屋の路地木戸を過ぎたところで、

「三人とも、わしの家に寄って、茶でも飲んでいかないか」

と、菅井たちに声をかけた。

喉が乾いていた。それに、まだ夕飯には早いので、湯を沸かして茶でも飲もうと思ったのだ。

「そうだな。華町の家で一休みさせてもらうか」

菅井が言うと、安田と孫六が頷いた。

源九郎は菅井たち三人が座敷に腰を下ろすのを待って、土間の脇の台所に行った。竈に鍋でもかけて火を焚き、湯を沸かそうと思ったのだ。急須に湯をつげば、座敷で茶を飲むことができる。

独り暮らしの源九郎は、湯を沸かすのに鍋でも釜でも頓着《とんちゃく》しなかった。安田と孫六にも、似たようなところがある。

源九郎は鍋に少なめに水を入れて、火を焚いた。そして、いっときして湯が沸くと、急須に湯を注いだ。

「茶がはいったぞ」

源九郎は急須で湯飲みに茶を注ぎ、盆に載せて座敷に上がった。そして、菅井たち三人の膝先に湯飲みを置いた。湯飲みから、かすかに湯気がたっている。

源九郎たち四人が、いっとき湯飲みの茶を飲んだとき、戸口に近付いてくる何人もの足音と、女たちのお喋りが聞こえた。声の主は、長屋の女房連中である。

足音は戸口でとまり、

「華町の旦那、いるの!」

と、腰高障子の向こうで、お熊の声がした。近くに女房連中が集まっているらしく、何人もの話し声が聞こえた。

「いるぞ。……お熊、何かあったのか」

源九郎が腰を上げた。長屋で何かあって、お熊たちが話しに来たと思ったのである。

源九郎につづいて、菅井、安田、孫六の三人が立ち上がった。

「外に出てきておくれ。旦那たちに、話しておくことがあるんだよ」

お熊が、腰高障子の向こうで言った。

「今、外に出ようとしていたところだ」

源九郎が土間に足をむけると、

「俺も、外に出る」

と、安田が言い、菅井と孫六も安田と一緒に土間へ下りた。

源九郎たち四人は、腰高障子を開けて外に出た。戸口に、十人ほどの長屋の女房連中が集まっていた。何かあったらしく、いずれも困惑したような顔をしている。

「どうした、何かあったのか」

源九郎が訊いた。

「気になることがあってね。みんなで相談したら、とにかく華町の旦那たちに話しておこうということになって、みんなで来たんだよ」

お熊が、女房連中に目をやって言った。

女房連中が、うなずいた。そして、戸口に身を寄せて、源九郎たちの前に立った。

「気になることとは、何だ」

源九郎の脇にいた菅井が、お熊たちに顔をむけて訊いた。

「ならず者のような男がふたり、長屋の路地木戸の前まで来て、旦那たちが長屋にいるかって、訊かれたんだ」

おきよという若い女房が、一歩前に出て言った。

「どう、返事したのだ」

源九郎が訊いた。

「長屋にはいないって言ったら、どこへ出掛けたのか、訊かれたんだよ」

「それで」

「知らないって言ったら、何時《なんどき》ごろ、帰るのだ、と訊いたんだよ。それで、すぐ帰るって、話しておいたんだ」

おきよは、そう言って、そばにいる女房連中に視線を移した。

「あたしらはね、おきよちゃんから話を聞いて、あいつらふたりは、旦那たちが長屋にいないときを狙って、仲間と一緒に長屋を襲う気だと思ったんだ」

お熊が言うと、女房連中がうなずいた。どの顔にも、不安そうな表情がある。

「そうかもしれない」

源九郎はそうつぶやき、そばにいた菅井たちに目をやった。

「しばらく、誰かは長屋にとどまるようにして、様子を見るか」

菅井が言った。

「みんな、今、菅井が言ったとおり、誰か長屋に残って、様子を見ることにする。……みんなは、ならず者のような男を長屋の近くで見掛けたら、わしらに話してくれ」

源九郎が、女房連中に目をやって言った。

「みんな、今、華町の旦那が話したとおり、長屋近くでならず者らしい男に、旦那たちのことを訊かれたり、長屋を見張っているのを見掛けたりしたら、華町の旦那たちに話すんだよ」

と、お熊が声高に言った。

女房連中はうなずいたり、ほっとした表情をして、そばにいた女房と顔を見合わせたりしていた。

「これで、安心だね」

お熊が女房連中に顔をむけて言うと、女房連中は源九郎たちに頭を下げたり、御礼の言葉を口にしたりしてから、戸口から離れた。

源九郎たちは座敷にもどって腰を下ろすと、冷めた茶の入った湯飲みを手にした。

「だがな、わしらが長屋に籠っていたら、政蔵たちの思う壺だぞ。西川屋や桔梗を探ることもできなくなる」

源九郎が、渋い顔をして言った。

「そうだな。政蔵はそれが狙いで、子分たちに長屋を探らせているのかもしれない」

菅井が言った。

「どうしやす」

孫六が、その場にいた男たちに目をやって訊いた。

「ともかく、わしらを探っている男をひとり捕まえて、話を訊いてみるか」

源九郎が言うと、その場にいた菅井たちがうなずいた。

八

お熊たちから話を聞いた翌朝、源九郎は朝飯を食べてから長屋を出た。路地木戸のところで、菅井と孫六が待っていた。三人はこれから薬研堀に行き、西川屋に政蔵がいるかどうか探るつもりだった。そして、政蔵がいれば、その時の状況によって、店に踏み込むか店から出てくるのを待つかして、政蔵を討つのだ。政蔵さえ始末すれば、今後、長屋を襲われたり、娘たちが攫われたりすることはないだろう。

それに、政蔵の子分たちが襲ってきたときに備えて、安田が長屋に残って警戒をしてくれている。

源九郎たちは長屋を出ると、竪川沿いの通りから大川にかかる両国橋を渡り、川沿いの道を南にむかった。そして、薬研堀にかかる元柳橋のたもとに出ると、西に足をむけた。この道筋は何度も通っていたので、よく分かっている。

　薬研堀沿いの道をいっとき歩くと、道沿いにある西川屋が見えてきた。源九郎たちは、西川屋からすこし離れた薬研堀の岸際に足をとめた。そこは、これまで何度か西川屋を探った場所である。

　西川屋の店先に暖簾が出ていたが、店はひっそりしていた。まだ午前中なので、客はいても少ないのだろう。

「政蔵は、いるかな」

　菅井が、西川屋に目をやりながら言った。

「桔梗に行かなければ、ここにいるはずだ」

　源九郎が小声で言った。政蔵は桔梗ではなく、ここにいるような気がした。すでに、桔梗は源九郎たちが突き止めているので、政蔵も桔梗に寝泊まりするのは、避けるはずである。

「ともかく、ここにいて、店内の様子を聞ける者が出てくるのを待とう」

　源九郎は政蔵がいなければ、西川屋を見張ったりせず、長屋に帰ろうと思った。長屋のことも心配だった。政蔵の指図で、子分たちが長屋を襲う恐れがあった。安田を残してきたが、子分たちが多勢だと太刀打ちできないだろう。

　店内の様子を知っている者は、なかなか店から出てこなかった。源九郎たちがその場に来て、一刻（二時間）ほど経ったろうか。西川屋の表戸が開き、商家の旦那と思われる年配の男と女将のおれんが出てきた。男は客らしい。

二人は店の戸口で立ち止まり、何やら話していたが、「女将、また、来るよ」と男が声をかけ、店先から離れた。

「あっしが、あの客に訊いてきやす」

そう言って、孫六がその場を離れようとした。

「待て、孫六」

菅井が孫六をとめた。

「いつも、孫六任せだが、たまには俺が行って話を訊いてくる」

菅井がそう言い、西川屋から離れていく男の後を追った。

孫六は菅井の後ろ姿を見ながら、

「菅井の旦那は、うまく話を訊いてくるかな」

と薄笑いを浮かべて言った。

菅井は年配の男に追いつくと、何やら声をかけ、ふたりで喋りながら大川の方にむかった。

「菅井は、うまく話しているようではないか」

源九郎が、つぶやいた。笑みを浮かべている。

菅井と年配の男は、何やら話しながら歩いていたが、元柳橋の近くまで行くと、菅井が足をとめた。そして、男が離れるのを見送ってから踵を返し、足早に源九郎たちのそばに戻ってきた。

「菅井、政蔵は西川屋にいたか」

すぐに、源九郎が訊いた。笑みは消えている。

「いたらしい。男の話だと、政蔵は客の座敷に挨拶に来たが、帳場にもどったらしく、その後は姿を見せなかったそうだ」

菅井が、男たちに目をやって言った。

「政蔵は、伝兵衛店に住む俺たちのことを忘れて、西川屋の主人として過ごすつもりかもしれねえ」

孫六がつぶやいた。

「それなら、いいんだが……。政蔵は、わしらをこのままにしておくつもりはないはずだ。顔を潰されたと思っているからな」

源九郎が言うと、

「そうだな。今頃、政蔵の子分たちが、長屋を探っているかもしれない」

菅井が言い添えた。

「長屋に帰《けえ》りやすか」

孫六が、源九郎たちに目をやって訊いた。

「帰ろう。今日は、政蔵が西川屋にもどっているのを確かめただけだが、いずれ機会を見て、政蔵を始末せねばならんな。政蔵が生きているうちは、安心して眠れないからな」

源九郎が、その場にいた男たちに目をやって言った。

源九郎たちが長屋に帰り、井戸の近くまで行くと、井戸端で話していたお熊たち女房連中が、源九郎たちのそばに集まってきた。

「お熊、長屋で何かあったのか」

源九郎が、お熊に訊いた。

「た、大変だよ。ならず者のような男がふたり、長屋の路地木戸の前まで来てね、旦那たちのことを訊いてたよ。長屋にいないって言ったら、何処《どこ》へ行ったか、しつっこく訊かれたんだ」

お熊が、声をつまらせて言った。

「何処へ行ったか、話したのか」

「話せないよ。あたし、旦那たちがどこに出掛けたのか知らないもの」

お熊が言うと、そばにいた女房連中がうなずいた。

「それで、どうした」

「ふたりの男は、旦那たちの仲間が長屋に何人いるか、訊いたんだ」

「何人いると、答えたのだ」

源九郎に代わって、菅井が訊いた。

「大勢いるよ、と言っておいた。長屋の者は、みんな仲間だもの」

お熊がそう言って、源九郎たちだけでなく、その場に集まっていた女房連中にも目をやった。女房連中は顔を見合って、うなずいている。

「お熊の言うとおりだ。長屋の者は、みんな仲間だ」

孫六が声高に言った。

「ふたりの男は、おとなしく帰ったのか」

源九郎が訊いた。

「それが、男のひとりが帰りがけに、この長屋で暮らせるのも、そう長い間じゃァない、って言って、帰ったんだよ」

お熊が言うと、女房連中は不安そうな顔をして、源九郎たちに目をむけた。

「心配するな。そいつらに、勝手な真似はさせんから」

源九郎が語気を強くして言うと、そばにいた菅井と孫六がうなずいた。

「あたし、華町の旦那たちの話を聞いて安心したよ」

お熊が声高に言うと、女房連中の顔から不安そうな表情が消えた。そして、お互いの顔を見合って、「今度来たら、追い帰してやる」「あたし、石を投げてやるわ」などと、強気の言葉を口にした。

「お手柔らかにな。間違えて、自分の亭主に石を投げるなよ」

源九郎はそう言って、女房連中を茶化した後、菅井と孫六を連れて自分の家にむかった。三人で、茶でも飲みながら一休みしようと思ったのだ。

第四章　逆 襲

一

四ツ（午前十時）ごろだった。源九郎は遅い朝飯を食い終えると、沸かしてあった湯で、茶を淹れた。そして、ひとりで飲んでいると、戸口に近付いてくる足音が聞こえた。急いでいるらしい。走ってくるようだ。

足音は戸口でとまり、「華町、いるか！」と菅井の声がした。

「いるぞ。入ってくれ」

源九郎が声をかけると、すぐに腰高障子が開いた。

菅井は土間に入ってくるなり、

「華町、長屋を見張っている男がいるぞ」

と、声高に言った。

「誰が、見張っているのだ」

源九郎は、手にしていた湯飲みを膝の脇に置いて膝をまわし、体を菅井にむけた。

「誰か分からないが、遊び人のような男がふたりいてな。長屋の路地木戸から一町ほど離れた場所で、長屋の者から話を訊いているようだ」

菅井が口早に言った。

「そのふたり、政蔵の子分ではないか」

源九郎が訊いた。

「そうかもしれん」

「行ってみるか」

源九郎は立ち上がり、座敷の隅に置いてあった大刀を手にした。相手は武士ではないようだが、念のためである。

源九郎は戸口から出ると、菅井と一緒に長屋の路地木戸にむかった。

路地木戸を出て、通りを足早に歩くと、前方にふたりの男の姿が見えた。懐手《ふところで》をして、路傍に立っている。ふたりとも、小袖を裾高に尻《しり》っ端折《ぱしょ》りしていた。

遠方からでも、遊び人ふうに見える。

「どうする」

菅井が、源九郎に訊いた。

「あのふたり、捕らえたいな。話を訊けば、政蔵の子分かどうか、はっきりするし、政蔵が何を企んでいるか、知ることもできる」

源九郎が、ふたりの男に目をやりながら言った。

「このまま、俺と華町とふたりで近付いたら、そばに行く前に逃げ出すぞ。竪川沿いの通りまで逃げられたら、捕まえるのはむずかしい」

菅井はそう言った後、

「華町、一旦、長屋にもどるか」

と、源九郎に目をむけて訊いた。

「もどって、どうするのだ」

「孫六に話してな。まだ顔を知られていない平太と一緒に、通り沿いにいるふたりの先に出てもらうのだ」

菅井が言った。

「孫六と平太なら、ふたりの前を通り過ぎて、先へ行けるな。わしらと、挟み撃ちにするのか」

「そうだ。……長屋にもどろう。そして、孫六と平太が、ふたりの男の先にまわったのを見てから、俺たちが、行くのだ」

「よし、その手でいこう」

源九郎は、すぐに菅井とともに長屋にもどった。

源九郎は長屋の路地木戸近くにもどり、通りの先にいるふたりの男に見えない場所で、菅井が孫六たちを連れてくるのを待った。

待つまでもなく、菅井が孫六と平太を連れてもどってきた。

「菅井の旦那から、話を聞きやした。あっしと平太とで、やつらの先にまわりやす」

孫六が、平太に顔をむけて言った。

「頼むぞ」

源九郎が、ふたりに声をかけた。

「任せてくだせえ」

孫六がそう言い、平太とふたりで、通りの先にむかった。

孫六と平太は、通行人に見せるため、ゆっくりした歩調で、世間話でもしているようにお喋りをしながら歩いていく。

前方にいるふたりは、孫六と平太が近付いてくるのを見たはずだが、その場から動こうとしなかった。ただの通行人と思ったのだろう。

一方、源九郎と菅井は路地木戸の近くにいて、通りの先にいるふたりの男から身を隠していたが、頃合を見て通りに出た。

見ると、孫六と平太は、路傍で長屋を見張っていたふたりの男の先に出ていた。そして、通り沿いにある家の脇に、身を隠した。

ふたりの男は、長屋の路地木戸の方に体をむけていた。半町ほど後方にいる孫六と平太に、気付いていないようだ。

「行くぞ！」

源九郎が、菅井に声をかけた。

ふたりは路地木戸から出ると、足早にふたりの男のいる通りの先にむかった。

ふたりの男は、近付いてくる源九郎と菅井を見たが、すぐに逃げ出さなかった。戸惑っている。まだ、自分たちふたりが、長屋を見張っているのを知られていない、と思ったのだろう。

源九郎と菅井は、小走りにふたりの男にむかった。

ふたりの男は、源九郎と菅井が一町ほどに近付くと、自分たちのことを気付かれていると思ったらしく、逃げようとして反転した。

だが、四、五間、逃げたところで、ふたりの足がとまった。通りの先に、孫六と平太が立ち塞がっていたからだ。

ふたりの男は、通り沿いに並ぶ店や民家などに目をやり、逃げ道がないか探したが、逃げ込める道はなかった。

すでに、源九郎と菅井は、半町ほどに近付いている。

「前のふたりの脇を、走り抜けるぞ！」

長身の男が言った。兄貴格らしい。

もうひとりの若い男が、うなずいた。眉を吊り上げ、必死の形相《ぎょうそう》である。

二

「逃がさねえぜ！」

孫六が言い、平太とふたりで道のなかほどに立った。そして、ふたりの男の行く手を塞いだまま動かなかった。

ふたりの男は、孫六と平太の前まで来て足をとめた。

「どかねえか！　殺すぞ」

長身の男が、懐に右手を突っ込んで言った。匕首でも、忍ばせているらしい。

「そんな物は、捨てちまいな。俺たちに逆らうと、命はねえぜ」

孫六はそう言って、ふたりの男に近付いてくる源九郎と菅井に目をやった。源九郎と菅井は小走りになり、ふたりの男の背後に迫っている。

「殺してやる！」

長身の男は叫びざま、懐から匕首を取り出した。

これを見た若い男も匕首を取り出し、その場で身構えた。その匕首が震えている。

「やる気かい」

孫六は、ふたりの男に体をむけたまま後退《あとずさ》った。この場は、源九郎と菅井に任せようと思ったのだ。

一方、源九郎は長身の男の背後に迫ると、

「おまえの相手は、わしだ」

と、声をかけ、刀を八相《はっそう》に構えた。

長身の男は、背後に体をむけた。そして、すぐ近くで刀を手にし、八相に構えている源九郎を目にすると、匕首を源九郎にむけたまま後退りした。戦うのではなく、反転して逃げようとしたのだ。

源九郎は長身の男との間をつめ、男が反転した一瞬をとらえた。手にした刀を峰に返し、一歩踏み込んで、刀身を横に払った。素早い動きである。

源九郎の刀身が、反転した長身の男の脇腹を強打した。

長身の男は、グッ、という呻き声を上げ、手にした匕首を落とした。そして、二、三歩よろめき、足がとまると、その場に蹲った。

「動くな！」

源九郎は声をかけ、素早く長身の男の前にまわると、手にした刀の切っ先を男の首にむけた。

男は蹲ったまま、苦しげな呻き声を上げている。そこへ、孫六が走り寄り、蹲った男の背後にまわった。そして、懐から細引《ほそびき》を取り出すと、男の両腕を後ろにとって縛った。なかなか手際がいい。

一方、菅井も若い男を峰打ちでしとめていた。若い男は、菅井に打たれた腹を両手で押さえて蹲っている。

若い男の背後にまわった平太も、細引を取り出して男の胸の辺りに巻き付け、縛ろうとしていた。

源九郎は、孫六と平太が男を縛り終えるのを待って、菅井に顔をむけ、

「菅井、ふたりを縛り終えたら、長屋に連れていこう」

と、声をかけた。

「ふたりから、長屋で話を訊くか」

そう言って、菅井が源九郎に目をやった。

「そのつもりだ」

源九郎が、その場にいた孫六と平太に、

「捕らえた男を連れて、長屋にもどるぞ」

と声をかけた。

孫六と平太はうなずき、捕らえた男を立たせた。ふたりは抵抗せず、孫六と平太のなすがままになっている。

源九郎、菅井、孫六、平太の四人は、捕らえたふたりを連れて長屋にもどると、源九郎の家に連れ込んだ。

源九郎たちは、ふたりの男を座敷に連れていって座らせた。そして、ふたりのまわりに立つと、まず名を訊いた。

「豊吉《とよきち》でさァ」

若い男が名乗った。

「あっしの名は、元次郎《もとじろう》で……」

つづいて、長身の男も、隠さずに自分の名を口にした。観念したのか、名を隠す気はなくなったらしい。

「元次郎と豊吉か。ところで、ふたりは長屋を見張っていたようだな。……わしらの動きを探っていたのではないか」

源九郎が、元次郎と豊吉に目をやって訊いた。

ふたりは顔を見合って、戸惑っていたが、

「そうでさァ」

と、元次郎が言った。脇にいた豊吉は、口を閉じたままうなずいた。

「動きを探って、どうするつもりだったのだ」

さらに、源九郎が訊いた。

ふたりは戸惑うような顔を変えなかったが、

「長屋が手薄になる頃合を見計らって、踏み込むつもりだったんでさァ」

と、元次郎が言った。

「ふたりだけで、踏み込むつもりだったのか」

源九郎が、驚いたような顔をした。

「そうじゃァねえ。旦那たちや長屋の男連中の動きを見て、何時ごろ男たちが少なくなるか探ってから、仲間たちに話して、長屋を襲うんでさァ」

元次郎が言った。

「そういうことか……」

源九郎はいっとき間を置いてから、

「豊吉と元次郎の親分は、西川屋の政蔵だな」

と、ふたりに目をやって念を押した。

「親分は、政蔵の旦那で」

元次郎が言うと、豊吉は黙ったままうなずいた。ふたりは、源九郎に問われたことを話したことで、隠す気はなくなったらしい。

「政蔵は、執念深い男だな」

菅井がつぶやいた。

次に口を開く者がなく、座敷が重苦しい沈黙につつまれたとき、

「あっしらふたりを帰《けえ》してくだせえ。知ってることは、隠さず話しやした」

と、元次郎が言うと、

「お願《ねげ》えしやす。帰《けえ》してくだせえ」

豊吉が、身を乗り出して言い添えた。

「帰してもいいがな、ふたりは、死にたいのか」

源九郎が言うと、

「し、死にたくねえ」

元次郎が、声をつまらせて言った。体が震えている。この場で、源九郎に殺されると思ったらしい。

「おまえたちがわしらに押さえられ、長屋に連れて行かれたことは、いずれ、政蔵に知れるぞ。……政蔵は、捕らえられたふたりがすぐに帰ってくれば、どう思う。わしらに、訊かれたことを包み隠さず話したので、帰されたと思うだろうな」

源九郎は、そこまで話して一息ついた。

元次郎と豊吉は、息をつめて源九郎に目をやっている。

「政蔵は、自分たちのことを話したおまえたちふたりを、よく帰ってきた、と褒《ほ》めてくれるか。……ただでは、すまぬぞ。下手をすると、手打ちになるかもしれない」

　源九郎が言うと、

「そ、そうかもしれねえ」

　元次郎が、声をつまらせて言った。豊吉は体を震わせている。

「死にたくなかったら、政蔵のところへは、帰らぬことだ」

　そう言って、源九郎は一息ついた後、

「どうだ、ほとぼりが冷めるまで、身を隠せるところがあるか」

　と、ふたりに目をやって訊いた。

　ふたりは視線を膝先に落とし、記憶をたどるような顔をしていたが、

「あっしの兄貴が、深川《ふかがわ》で一膳めし屋をやってやす。しばらく、そこで厄介になりやす」

　と、元次郎が言うと、

「あっしは、下駄屋をやってる親爺のところに帰《けえ》りやす」

　豊吉が首をすくめて言った。

「行き場があるなら、すぐにここを出て、身を隠せるところに行くがいい。……いいか、政蔵たちに知れたら命はないぞ。仲間だった子分たちにも、行き先を話

すなよ」

源九郎は、ふたりに目をやって念を押した。

ふたりは源九郎が口を閉じると、源九郎だけでなく、菅井、孫六、平太の三人にも頭を下げてから立ち上がった。

源九郎たち四人は、座敷に腰を下ろしたまま、外に出ていく元次郎と豊吉に目をやっている。

三

翌朝、源九郎は陽がだいぶ高くなってから、朝飯を食べ終えた。そして、茶を飲んでいると、菅井が姿を見せた。

「華町、どうする。政蔵の動きを探りに、薬研堀まで行ってみるか」

菅井は、土間に立ったまま訊いた。

「そうだな。西川屋に政蔵がいるかどうかだけでも、つかんでおくか」

源九郎はそう言った後、菅井に座敷に上がるよう声をかけた。ともかく、ふたりで茶を飲んでから、動き出そうと思ったのだ。

菅井が座敷に上がると、源九郎は台所から湯飲みをひとつ持ってきた。そして、源九郎が茶を淹れていると、戸口に近付いてくる何人もの人声と足音が聞こえた。長屋の女房連中のようだ。喋っているのは、お熊たちらしい。

足音は戸口でとまり、「華町の旦那、いますか！」と、お熊の声がした。何かあったのか、声がうわずっている。

「いるぞ！　今、外へ出る」

源九郎が声をかけ、菅井とふたりで腰高障子を開けて外に出た。

戸口の近くに、お熊の他に十人ほどの女房連中が集まっていた。何人もの子供たちが、女房連中の後ろにいて、姿を見せた源九郎と菅井を見つめている。

その女子供の後方に、七、八人の男の姿もあった。長屋で仕事をしている居《い》職《じょく》の男らしい。男たちも、気になることがあって、様子を見に来たのだろう。

「菅井の旦那も、いたのかい」

お熊が、菅井に目をやって言った。

「ああ、華町と相談することがあってな。……お熊、俺たちのことより、長屋で何があったのだ」

菅井が、源九郎に代わって訊いた。

「た、大変なんだよ！　長屋の路地木戸のところに、ならず者らしい男が大勢集まっているんだ」

お熊が声高に言うと、近くに集まっている女たちの間から、「ならず者が、長屋に踏み込んでくるよ！」「あたしらも、襲うかもしれない」「女、子供じゃァ、逃げることもできないよ」などという声が、あちこちから聞こえた。どの女も、昂奮《こうふん》している。

女たちの声を耳にした源九郎は、

「みんな、家にもどっていろ！　そいつらの狙いは、わしや菅井だ」

源九郎が言うと、菅井がうなずいた。

女たちから、ざわめきが聞こえた。近くにいた者と、一斉に話しだしたのだ。すると、お熊が戸口の腰高障子に身を寄せ、

「あたしらだって、華町の旦那たちだけに任せて、家のなかで震えているわけにはいかないよ。あたしらの長屋だからね。あたしらも、何かしないと」

そう、女たちに声をかけた。

「そうだよ。華町の旦那たちだけに、任せておけないよ。……あたしらみんなで、ならず者たちが長屋に入ってきたら追い出そう」

おまきという年配の女房が、その場に集まっていた女、子供に目をやって言っ

た。

「おまきさんの言うとおりだよ。前にもやったように、みんなで遠くから石を投げれば怖くないよ」

おふさという女房が、身を乗り出して言った。長屋の女房にしてはめずらしく、長身でほっそりした女である。

「そうよ。みんなで、遠くから石を投げるのよ」

別の女房が言うと、その場にいた女房連中がうなずき、それぞれの長屋の家に駆け込んだ。そこから押し入ってきた男たちに目をやり、源九郎の住む家に踏み込もうとしたら外に出て、みんなで石を投げるつもりなのだ。

女房と子供たちがそれぞれの家に入って、いっときすると、長屋の路地木戸のところから、何人もの男が姿を見せた。七、八人いるだろうか。

男たちの間から、「あそこだ！」「華町の家だぞ！」「用心しろ、華町は遣い手だ」などという声が聞こえた。

このとき、戸口近くの土間にいた菅井が、

「華町、どうする」

と、源九郎に訊いた。

「家に入られると、面倒だ。戸口で、迎え撃とう」

源九郎は、座敷の隅に置いてあった大刀を腰に差した。

すぐに、菅井も脇に置いてあった大刀を手にして立ち上がった。

源九郎と菅井は、腰高障子を開けて外に出た。

「あいつらだ！」

源九郎が、長屋の棟の間を指差して言った。

男たちは、総勢七人だった。いずれも、大小や脇差を腰に差している。牢人やならず者のようだ。

その男たちの間から、「戸口にいるふたりだ！」「華町と菅井だぞ！」などという声が聞こえた。源九郎と菅井を知っている男が、何人かいるようだ。どうやら、政蔵の子分たちらしい。

男たちは走り寄り、源九郎と菅井から四、五間離れたところで、足をとめた。そして、刀や脇差の柄に手を添えて抜刀体勢をとった。

「やっちまえ！」

「相手は、ふたりだ！」

男たちの間から声が飛び、次々に腰に差している刀や脇差を抜いた。

源九郎が抜刀した。菅井は抜刀体勢をとっている。源九郎は、刀身を峰に返さなかった。敵が大勢でもあり、峰打ちでは後れをとるとみたのである。

一方、男たちは抜き身を手にし、源九郎と菅井のいる戸口に近付いてきた。そして、戸口から二、三間の距離を取って足をとめた。

「ふたりとも、殺《や》っちまえ！」

兄貴格らしい大柄な男が、声を上げた。

大柄な男の指図で、男たちは手にした刀や脇差の切っ先を源九郎と菅井にむけ、ジリジリと近付いてきた。

そのとき、七人の男たちの後方に、長屋の女房連中が姿を見せた。それぞれの家から出てきたのだ。三人、四人……と、集まってくる。そして、十数人になったとき、

「みんな、この辺りから、石を投げるんだよ！」

と、先頭にいたお熊が声をかけた。

その声で、女房連中は足元に転がっている手頃な小石を摑んで、源九郎の家の前にいる男たちにむかって投げた。

女房連中が遠方から石を投げて、ならず者や遊び人を長屋から追い出したの

は、初めてではなかった。やはり、源九郎の家に男たちが踏み込んできたとき、長屋の女房連中が石を投げて追い出したことがあったのだ。

バラバラと、幾つもの小石が飛んだ。だが、戸口近くに立っている男たちに届くのは、わずかである。多くの小石が、男たちの手前に落ちて転がった。

「女ども、死にてぇのか！」

戸口近くにいた男のひとりが、手にした刀を振り上げて女房連中を威嚇《いかく》し、少しずつ近付いてきた。

すると、女房連中は身を引いて、その場から逃げようとした。

「みんな、逃げるんじゃァないよ！　近付いてくる男に、石を投げるんだ」

お熊が声を上げ、近付いてくる男にむかって手にした小石を投げた。

小石は、男の手前に落ちて転がったが、男は驚いたような顔をして足をとめた。女房連中がまだ石を投げて抵抗するとは、思わなかったのだろう。

これを見た別の女房が、

「あんな男、怖くないよ！」

と言って、手にした小石を投げた。その石は男の足元近くまで飛んで、地面に転がった。

「投げるんだよ！」

お熊が、二つ目の石を投げた。その石は、すこし別の方角に飛んだが、男のいる場より遠くまで飛んだ。

これを見た女房たちが足元の小石を拾い、次々に投げた。多くの小石は、戸口近くにいる男たちまで届かなかったが、それでも、男たちの足元近くまで飛んでいく小石もあったのだ。

「ど、どうしやす」

戸口にいた男のひとりが、声をつまらせて大柄な男に訊いた。相手は女たちだが、大勢である。

「まさか、長屋の女連中が総出で、石を投げてくるとは思わなかった。……今日のところは引き上げるしかないな」

大柄な男は、仲間の六人に顔をむけ、

「今日のところは、引き上げるぞ！」

と、声をかけた。

仲間の六人は、大柄な男のそばに集まった。そして、男のひとりが、離れた場に集まっている女房連中に目をやり、

「女も大勢集まると、馬鹿にできねえ」

と、渋い顔をして言った。

「ともかく、今日のところは、引き上げる」

大柄な男が、仲間たちに声をかけた。

戸口近くにいた六人の男は大柄な男につづいて、長屋の路地木戸にむかって走りだした。女房連中のいる場を早く通り抜けようとしたのだ。

お熊をはじめとする女房連中は、男たちが走りだしたのを見て、長屋の棟の脇や家に飛び込んで身を隠したが、七人の男たちが逃げて、路地木戸のところに行くのを見ると、家の前に出て喝采《かっさい》を上げた。

源九郎と菅井は、家の前に出ているお熊たちを目にすると、

「助かったぞ！　みんなのお蔭で、こうして生きていられる」

と、源九郎が大声で言った。

菅井も源九郎につづいて、女房連中に礼を言った。

「ふたりとも、なに言ってるの。長屋のみんなは、家族と同じだよ。助け合うのは、あたりまえだよ」

お熊が戸口で声高に言うと、戸口近くにいた女房連中や子供たちからふたたび

喝采が上がった。飛び跳ねている幼子もいる。

「そう言ってもらえると、有りがたい。わしらも長屋のみんなのために、できるだけのことはするから、これからも頼むぞ！」

源九郎が言い、女房連中や子供たちに手を振ってから家にもどった。

腰高障子の向こうで、女房連中や子供たちの声がかすかに聞こえたが、すぐに聞こえなくなった。それぞれの家に帰ったのだろう。

「どうする、これから、西川屋にむかうか」

菅井が、土間に立ったまま訊いた。

「いや、今日はやめておこう。焦ることはない。西川屋は、いつでも探れるからな。様子を見て、明日、出掛けよう」

源九郎が言うと、菅井がうなずいた。

四

翌朝、源九郎は、長屋の家に姿を見せた菅井と孫六を連れて長屋を出た。薬研堀にある西川屋を探るつもりだった。

西川屋の主人であり、ならず者たちの親分でもある政蔵がいるかどうか探り、機会があれば討つつもりだった。政蔵を始末しないうちは娘たちが攫われる恐れがあるし、長屋に子分たちを踏み込ませて、源九郎たちの命を狙うだろう。

源九郎たち三人は、長屋の路地木戸を後にし、竪川沿いの通りに出るまで、道の左右に目をやりながら歩いた。政蔵の子分らしい男が身を潜めていないか、確かめながら歩いたのである。

「子分らしい男は、いねえようだ」

孫六が言った。

通り沿いの家の脇や物陰などに、人の姿はなかった。源九郎たち三人は、竪川沿いの通りから両国橋を渡って、賑やかな両国広小路に出た。そして、川沿いの道を南にむかい、薬研堀にかかる元柳橋のたもとに出ると、右手に足をむけた。そこは、何度も行き来した道である。

薬研堀沿いの通りをいっとき歩くと、西川屋が見えてきた。

源九郎たちは、西川屋から半町ほど離れた場に足をとめ、堀沿いに植えられた柳の陰に身を隠した。

「店先に、暖簾が出ている。店は開いているようだ」

源九郎が、西川屋に目をやって言った。

「妙に静かだな。まだ、店を開いて間がないので、客が少ないせいかな」

菅井が、首を傾げた。

「客は少なくても、店の主人の政蔵、それに女たちは、いるはずだがな」

源九郎は、静か過ぎると思った。これまで、何度か昼前に来たことがあったが、これほど静かなときはなかった。

「何かあったのかな」

孫六が、源九郎と菅井に目をやって訊いた。

「様子を見て、店内を探ってみるか」

源九郎は、話の聞けるような者が店内から出てくるのを待とうと思った。

それから、半刻（一時間）ほど経ったが、話の聞けそうな者は出てこなかった。

「あっしが、店を覗いてきやしょうか」

そう言って、孫六が柳の陰から出ようとした。

ふいに、その足が止まった。西川屋の表戸が開いて、男がひとり姿を見せたのだ。客ではないらしい。遊び人ふうである。

「あっしが、あの男に訊いてきやす」

そう言い残し、孫六が遊び人ふうの男の跡を追った。

孫六は遊び人ふうの男に追いつくと、何やら声をかけた。そして、ふたりは話しながら大川の方へむかった。

ふたりは、肩を並べて半町ほど歩いたろうか。ふいに、孫六が足をとめた。遊び人ふうの男は孫六から離れ、大川の方へ足早に歩いていく。

孫六は踵を返すと、源九郎たちのいる方へ走ってきた。慌てている。遊び人ふうの男から、急を要することを聞いたのではあるまいか。

源九郎は、柳の陰から出た。そして、孫六が近付くのを待ち、

「どうした、孫六。何かあったのか」

と、訊いた。菅井も柳の陰から出て孫六に身を寄せ、聞き耳を立てている。

「大変ですぜ！　長屋が、危ねえ」

孫六が、声高に言った。

「何があったのだ！」

源九郎の声も、大きくなった。

「ま、政蔵は、子分たちを連れて、長屋にむかったようですぜ！」

孫六が、声をつまらせて言った。ひどく慌てている。

「なに！　子分たちを連れて、長屋にむかっただと」

源九郎が、驚いたような顔をして言った。

「俺たちと、行き違ったのか。おそらく、両国広小路に入ったときだ。行き交う人混みのせいで、政蔵たちに気付かなかったのだ」

菅井が言うと、源九郎と孫六がうなずいた。

「ともかく、急いで、長屋へもどろう」

源九郎が言い、薬研堀沿いの道を大川の方へむかって走りだした。菅井と孫六が、後につづく。

源九郎たち三人は、両国広小路の人混みのなかを抜け、大川にかかる両国橋を渡った。そして、竪川沿いの道に出ると、東にむかい、伝兵衛店につづく通りに入った。行き交う人の姿はすくなかったが、源九郎たちが息を切らせながら走って伝兵衛店にむかう姿を見て、慌てて道を空ける者もいた。

源九郎たちが長屋の木戸を抜けると、井戸端にお熊や女たちの姿が見えた。何かあったのか、ひどく慌てている。

「お熊、どうした！」

源九郎が声をかけた。

すると、お熊たち長屋の女房連中が、小走りに近付いてきた。やはり、長屋で何かあったらしい。

「た、大変だよ!」

お熊が、声をつまらせて言った。

「何があったのだ」

源九郎が訊いた。

「何人もの男たちが、長屋に踏み込んできてね。旦那たちの家は、どこか訊いたんだよ」

お熊が言うと、そばにいた若い女房が、

「あたしら、知らないと言って、家に逃げ帰ったんです。でも、男たちは子供まで捕まえて、旦那たちの家を聞き出し、荒らしたようです」

と言って、肩を落とした。

「行ってみる」

源九郎たち三人はその場で別れ、それぞれの家にむかった。自分の家が、荒らされたと思ったのだ。

源九郎は、自分の家の腰高障子の前まで来た。腰高障子は、家を出たときと変わりなかった。

すぐに、源九郎は腰高障子を開けて土間に入った。源九郎は、土間に立ったまま息を呑んだ。部屋のなかが、ひどく荒らされている。

畳に、茶碗、皿、湯飲みなどが散乱していた。流し場に置いてあった包丁、まな板、急須、鍋まで転がっている。長屋に踏み込んできた者が、手当たり次第に、畳の上に放り投げたらしい。

「何てことをするのだ！」

思わず、源九郎は声を上げた。

源九郎は顔をしかめて座敷に上がると、散乱した物を片付け始めた。源九郎は片付けながら、荒らされたのは、食器や鍋、釜だけでよかった、と胸の内で思った。片付けるのは面倒だが、割れた茶碗や皿を除いて元の場所に納めれば、たいした被害ではない。

源九郎は片付けを終えると、湯を沸かすのが面倒なので、湯飲みで水を飲んだ。そのとき、戸口に近付く足音がした。その足音から、菅井であることが知れた。

足音は戸口でとまり、「華町、入るぞ」と菅井の声がした。

「入ってくれ」

源九郎が声をかけると、腰高障子が開いて、菅井が姿を見せた。

「華町の家も、同じか」

そう言って、菅井は土間に立ったまま流し場や座敷に目をやった。荒らされた、と分かったらしい。

「菅井の家もか」

源九郎が訊いた。

「荒らされていたよ。だが、それほどの被害ではない。茶碗や皿を元の場所にもどしたら、あらかた片づいた」

菅井はそう言って、上がり框に腰を下ろした。

「孫六の家は、どうかな」

源九郎が言った。

ふたりがそんな話をしていると、小走りに近付いてくる足音が聞こえた。姿を見せたのは、孫六である。

「ここも、やられやしたか。あっしの家の近くに来た奴もいやしたが、中には入《へえ》らなかったらしい」

孫六が声高に言った。

源九郎は、孫六が上がり框に腰を下ろすのを待って、

「いずれにしろ、迂闊に長屋を出られないな。家のなかをこの程度、荒らされるだけならいいが、火でも点《つ》けられると、わしらの家だけでなく、長屋から大勢の犠牲者が出るぞ」

と、顔をしかめて言った。

菅井と孫六が、困惑したような顔をしてうなずいた。

五

翌朝、源九郎が遅い朝飯を食べ終え、座敷で茶を飲んでいると、戸口に近付いてくる足音が聞こえた。

……孫六だな。

源九郎が、つぶやいた。足音で、孫六や菅井は知れるのだ。

戸口の前で足音がとまると、腰高障子が開いて、孫六が姿を見せた。孫六は土間に入ってくるなり、

「華町の旦那、朝めしは食いやしたか」

と、源九郎に訊いた。

「ああ、朝めしを食べ終えてな、ひとりで茶を飲んでいたところだ。どうだ、孫六も茶を飲むか」

「あっしも、茶を飲んできやした」

そう言って、孫六は上がり框に腰を下ろした。

「孫六、今日はどうする。薬研堀に行くか。……また、わしらが留守のとき、長屋を襲われるかもしれんぞ」

源九郎が言った。

「あっしも、そう思いやしてね。どうするか、旦那に聞きに来たんでさァ」

孫六は上がり框に腰を下ろしたまま、体を捩《ね》じるようにして源九郎に顔をむけた。

「どうだ。……菅井にも、訊いてみるか」

源九郎は、そのうち菅井もここに姿を見せるだろうと思った。

「あっしが、菅井の旦那に訊いてきやしょうか」

そう言って、孫六が腰を上げようとすると、

「孫六、ここにいていい。菅井も、そろそろ顔を出すころだ」

源九郎はさえぎるように言った。

それから小半刻（三十分）ほどして、戸口に近付いてくる足音がした。菅井らしい。

源九郎が思ったとおり、腰高障子が開いて菅井が姿を見せた。

菅井は、「孫六も、来ていたのか」と口にした後、

「華町、どうする。今日も、薬研堀に出掛けるか」

と、源九郎と孫六に目をやって訊いた。

「長屋に籠っていたのでは、向こうの思う壺だが、これ以上、長屋の者たちを危ない目に遭わせることはできないな」

源九郎はそうつぶやいた後、いっとき黙考していたが、

「わしらの動きを探るため、長屋を見張っている者がいるはずだ。そいつを捕まえて、政蔵たちの様子を訊いてみるか。動きが分かれば、わしらも、何か手を打つことができるはずだ」

と、菅井と孫六に目をやって言った。

「それしか、手はないな」

菅井が言うと、孫六もうなずいた。

「まず、あっしが、様子を見てきやしょうか」

孫六が立ち上がった。

「孫六、無理するなよ。それらしい男を目にしたら、すぐに知らせにもどってくれ。男の様子によって、三人で手を打とう」

源九郎が言うと、菅井と孫六がうなずいた。

「怪しい奴がいたら、すぐにもどりやす」

孫六はそう言って、戸口から出ていった。

源九郎と菅井は、家に残った。

「菅井、茶を淹れよう」

そう言って、源九郎が腰を上げた。

源九郎は流し場にもどって湯飲みを持ってくると、上がり框に腰を下ろした菅井の脇に置いてから、急須で茶をついでやった。

菅井が茶を飲み始めて、半刻も経ったろうか。走ってくる足音が聞こえた。足音は戸口で止まり、すぐに腰高障子が開いた。姿を見せたのは、孫六である。

孫六の額が、汗で光っている。走ってきたせいらしい。

「い、いやす。……長屋を見張っているやつが……」

孫六が、荒い息を吐きながら言った。

「どこにいる」

源九郎は立ち上がると、座敷の隅に置いてあった大刀を手にした。菅井も、持参した大刀を引き寄せた。

「長屋から二町ほど行ったところの椿《つばき》の陰でさァ」

孫六が、源九郎と菅井に目をやって言った。

「道沿いの椿だな」

源九郎は、長屋から二町ほどいったところの路傍で、椿が枝葉を繁らせているのを知っていた。

「そうでさァ」

「そいつを捕まえよう」

源九郎は土間に下りると、すぐに外に出た。

つづいて、孫六と菅井が外に出ると、

「その男、わしらの姿を目にすると、逃げ出すかな」

源九郎が訊いた。男に竪川沿いの道まで逃げられると、捕まえるのが難しくなると思ったのだ。

「やつは、旦那たちふたりが来るのを目にしたら、逃げ出すかもしれねえ」

孫六はそう口にし、

「あっしだけ、先に行って、やつの前を通り過ぎやす。あっしなら、見逃すはずでさァ」

と、源九郎と菅井にむかって言い添えた。

「後から、おれと菅井が行って、挟み撃ちにするのだな」

源九郎が訊いた。

「そうでさァ」

孫六は、「行きやす」と言い残し、足早に戸口から離れた。

源九郎と菅井は、孫六の姿が戸口から遠ざかると、その場から離れた。ふたりが路地木戸から通りに出ると、一町ほど先を歩いていく孫六の姿が見えた。

「菅井、孫六から離れ過ぎると、挟み撃ちにするのが、むずかしくなるぞ」

源九郎が菅井に声をかけ、足早に孫六の後を追った。

六

「華町、あそこだ!」

菅井が前方を指差して言った。

一町ほど先だろうか。竪川の方へむかって歩いていく孫六の姿が見えた。孫六の後方に、椿の樹陰にいる男の後ろ姿が見えた。男は小袖を裾高に尻っ端折りしていた。両足が、はっきりと見える。男は、通りを歩いていく孫六の後ろ姿に目をやっているようだ。孫六のことを知っているのだろう。

「華町、都合がいいな」

菅井が振り返って言った。

「そうだな。あやつ、孫六に気をとられて、背後から行くわしらに気付かないようだ」

源九郎はそう言ったが、念のため、男が長屋の方に目をむけても気付かれないように、菅井とともに道沿いにある店の陰や樹陰などをたどるようにして、男に近付いていった。

源九郎たちと樹陰にいる男との間が、半町ほどになったとき、男が源九郎たちに目をむけた。気がついたらしい。

男は戸惑うような顔をした。樹陰から飛び出して逃げようか、このまま身を隠していようか、迷っているようだ。

やがて、男は、樹陰から出ようとした。足早に近付いてくる源九郎たちを見て、気付かれていると思ったらしい。

だが、男はすぐに樹陰から出なかった。先に自分の前を通り過ぎた孫六の姿を目で追っている。孫六は一町ほど椿から離れたとき、足を止めて反転した。そして、来た道を引き返して来た。

男は、樹陰から飛び出しそうな動きを見せた。自分に近付いてきた孫六を見て、挟み撃ちになる、と思ったのだろう。

源九郎たちがさらに近付くと、男は樹陰から飛び出し、孫六が近付いてくる方に体をむけた。孫六ひとりなら、何とか逃げられると思ったのかもしれない。

これを見た源九郎が、「走るぞ！」と菅井に声をかけ、ふたりして走りだした。

一方、孫六は通りのなかほどで足をとめた。その場で、逃げようとして走ってくる男の足をとめ、源九郎たちが近付くのを待とうとしたのだ。

男は孫六が道のなかほどに立って、行く手を塞いでいるのを目にし、

「そこをどけ！　殺すぞ」

と、叫んだ。

「どかねえよ。俺たちに歯向かうと、殺されるのは、おめえだ」

そう言って、孫六は道のなかほどに立ったまま動かなかった。

「この野郎、殺してやる！」

男は足をとめ、懐に手をつっ込んで匕首を取り出した。

「物騒な物を出すんじゃァねえ。怪我をするのは、おめえだよ」

孫六はそう言って、後退った。源九郎たちが近付くまで、何とか男の足をとめておくつもりだった。

男が孫六に近付き、手にした匕首の先を孫六にむけた。

孫六は素早く身を引き、

「後ろを見な。下手に物騒な物を振りまわすと、命はねえぜ」

と、男の後方を指差して言った。

男は振り返った。そして、近付いてくる源九郎たちの姿を目にすると、戸惑うような顔をしたが、

「てめえ、そこをどけ！」

と、叫び、手にした匕首を振り上げて孫六に迫った。

「よせ！　近付くんじゃァねえ」

孫六は、慌てて後退った。

「殺してやる！」

叫びざま、男は踏み込んできた。

孫六は素早く後ろへ逃げた。そして、男との間を広く取った。

「逃げるんじゃァねえ！」

男は、匕首を振り上げたまままさらに迫ってきた。

「やるしか、ねえか」

孫六は、懐に手をつっ込んで、匕首を取り出した。こんなときのために、匕首を懐に忍ばせてきたのだが、男と戦う気はなかった。源九郎たちがそばに来るまで、男の足をとめておくだけでいいのだ。

「おい、手が震えてるぜ」

男が言い、匕首を手にして身構えたままジリジリと迫ってきた。

孫六は、男との間を広くとったまま後退った。

「逃げるだけかい！」

男が揶揄するように言った。

「そうじゃァねえ。おめえの足をとめておくためよ」

孫六は、男の肩越しに後ろを見た。源九郎たちは、男に近付いてくる。

そのとき、男は源九郎たちの足音を耳にしたらしく、後ろを振り返った。

「ち、近付いて来やがった！」

男は声をつまらせて言い、その場から逃げようとした。

「逃がさねえよ」

孫六は、男の前に立ち塞がった。

「そこをどけ！」

男は匕首を前に突き出して威嚇した。必死の形相である。

孫六はまた素早く身を引いて間合をとったが、男の前から逃げなかった。

さらに男は孫六に迫ったが、孫六が立ち塞がっているので、走って逃げられなかった。そこへ、源九郎たちが近付いてきた。

男は匕首を手にしたまま、源九郎たちに体をむけた。

「観念しろ！　もう逃げられん」

源九郎が踏み込み、峰に返した刀で男の右の前腕を強打した。素早い動きである。

男は悲鳴を上げて手にした匕首を取り落とし、右腕を押さえて蹲った。骨が折れたのかもしれない。

孫六が男の脇に立ち、

「この男は、どうしやす」

と、源九郎たちに目をやって訊いた。

「そうだな。長屋に連れていって、話を訊くか。政蔵や子分たちの動きが、つかめるかもしれん」

源九郎が言うと、その場にいた男たちがうなずいた。

七

源九郎たちは、男を連れて長屋にもどった。そして、源九郎の家の座敷に、男を座らせた。男は蒼褪《あおざ》めた顔で、身を震わせている。

一緒に来た孫六と菅井も、男の脇に腰を下ろした。

源九郎は、男の前に腰を下ろし、

「おまえの名は」

と、穏やかな声で訊いた。男が身を震わせているのを見て、威嚇するより、安心させた方が、隠さずに話すのではないかと思ったのだ。

男は戸惑うような顔をして黙っていたが、

「平助《へいすけ》でさァ」

と、小声で名乗った。

「平助、椿の陰にいて通りに目をやっていたのは、長屋にいるわしらの動きを探るためではないか」

源九郎が訊いた。

平助は上目遣いに源九郎を見た後、

「そうで……」

と、首をすくめて言った。

「なぜ、わしらの動きを探るのだ。……何か魂胆《こんたん》があってのことだろう」

源九郎は、男の裏に政蔵たちがいることを念頭に置いて訊いた。

「あっしは、親分に、長屋に住む旦那たちの動きを探るように言われて来てたんでさァ」

平助が小声で言った。すこし話したことで隠す気が薄れたらしく、訊いたことはすぐに答えるようになった。

「親分とは、政蔵だな」

源九郎が念を押した。

「そうで……」

「政蔵は、長屋を探ってどうしようと思っているのだ」

「く、詳しいことは、知らねえが……。親分は旦那たちを始末するために、様子を見て、長屋を襲うつもりらしい」

平助が、声をつまらせて言った。

「なに！　長屋を襲うだと」

源九郎の声が、大きくなった。脇にいた孫六と菅井も、驚いたような顔をして平助を見ている。

「あ、あっしは、親分に言われて、仕方なく探っていたんで……」

平助はそう言って、上目遣いに源九郎を見た。

「政蔵は、近いうちに長屋を襲う気でいるのだな」

源九郎が念を押した。

「そ、そうで……」

平助が小声で言った。

すると、源九郎の脇で、平助の話を聞いていた孫六が、

「政蔵が子分たちを連れて、長屋を襲うのを待つことはねえ。……あっしらが、

先に政蔵の塒《ねぐら》を襲えばいい」

と、身を乗り出して言った。

「そうだな。長屋で政蔵たちと戦えば、追い返すことができたとしても、長屋から何人もの犠牲者が出る」

源九郎は孫六の言うとおり、長屋での戦いを避けて、先に政蔵の塒を襲えばいいと思った。菅井も同じ思いらしく、うなずいている。

次に口を開く者がなく、座敷が重苦しい沈黙につつまれると、

「華町、すぐに仕掛けよう。政蔵は、平助が捕らえられたと知れば、何か手を打ってくるぞ。大勢の子分たちを連れてきて、強引に長屋を襲うか、しばらく、薬研堀にある西川屋から姿を消してほとぼりが冷めるのを待つか。……いずれにしろ、俺たちはすぐに動いた方がいい」

菅井が、源九郎と孫六に目をやって言った。

「あっしも、菅井の旦那と同じでさァ。政蔵たちを、待つことはねえ。先に西川屋を襲って、政蔵を始末しやしょう」

いつになく、孫六が昂奮している。

「ともかく、西川屋を探ってみよう」

源九郎も、政蔵が次の手を打ってくる前に仕掛けた方がいいと思った。

「いつ、薬研堀に行きやす」

孫六が、源九郎と菅井に目をやって訊いた。

「早い方がいいが……」

源九郎はつぶやいた後、

「政蔵は、わしらが西川屋を探っていると知ったら、子分たちを連れて、長屋を襲うかも知れんぞ。わしらが留守の間、政蔵をはじめ子分たちに襲われたら、長屋から大勢の犠牲者が出る」

そう言って、顔をしかめた。

「長屋から、犠牲者は出したくない」

菅井が、語気を強くして言った。

源九郎はうなずいた後、いっとき口をつぐんでいたが、

「そうかと言って、長屋に引き籠《こも》っていたら、それこそ政蔵の思う壺だ。……どうだ、政蔵の動きを探ってから、仕掛けるか。昼前なら、政蔵は西川屋にいるはずだ。店にいるときに仕掛ければ、長屋を襲われることは、ないはずだ」

と、孫六と菅井に目をやって言った。

「そうしやしょう」

すぐに、孫六が同意した。

「さっそく、明日にも仕掛けるか」

菅井が言った。

「朝のうちがいいな」

源九郎は、天候にもよるが、西川屋に何人もの客が入る前に仕掛ければ、事件にかかわりのない者を巻き込む恐れもなくなると思った。

菅井と孫六は、顔を見合ってうなずき合っている。

第五章　頭目を討て

一

源九郎は戸口に近付いてくる足音を耳にし、手にしていた湯飲みを脇に置いた。

六ツ（午前六時）ごろである。源九郎は珍しく今朝早く起きて、昨夜炊いておいた飯を茶漬《ちゃづけ》にして食べた後、茶を飲んでいたのだ。

足音の主はふたりらしい。菅井と孫六のようだ。聞き慣れた足音だったので、それと分かったのだ。

足音は戸口の向こうでとまり、「華町、いるか」と、菅井の声がした。

「いるぞ、入ってくれ」

源九郎が声をかけると、腰高障子が開いて、菅井と孫六が顔を出した。

「華町、朝めしは」

菅井が、源九郎に訊いた。

「食べ終えてな。今、茶を飲んでいたところだ。……どうだ、菅井と孫六も、茶を飲んでから出掛けるか」

源九郎が、湯飲みを手にしたまま言った。

「朝めしの後、茶を飲んでからここにきたのだ。……のんびりしてたら、朝のうちに薬研堀につけないぞ」

菅井が言うと、脇に立っていた孫六が、

「華町の旦那、行きやしょう」

と、声をかけた。すぐにでも、出掛けたいらしい。

「分かった。すぐ、行く」

源九郎は立ち上がると、手にしていた湯飲みを脇に置き、部屋の隅に置いてあった大小を手にした。

源九郎たち三人は長屋を出ると、竪川沿いの通りを経て、大川にかかる両国橋を渡った。そして、賑やかな両国広小路から大川沿いの道を南にむかい、薬研堀にかかる元柳橋のたもとに出た。源九郎たちが、何度も行き来した道筋である。

源九郎たちが薬研堀沿いの道を西にむかっていっとき歩くと、西川屋が見えてきた。まだ午前中だが、店は開いているらしく、店先に暖簾が出ている。

源九郎たちは、西川屋からすこし離れた堀の岸際に足をとめた。そこから、何度か西川屋を探ったことがある。

「どうしやす」

孫六が、源九郎と菅井に顔をむけて訊いた。

「店内に、まだ客はいないのかな。やけに静かだ」

菅井が言った。

「客が入るのは、これからだろう。今なら、店内に政蔵がいれば、踏み込んで討てるかもしれんぞ。……ただ、子分が何人もいれば、返り討ちに遭う」

源九郎は、迂闊に店内に踏み込めないと思った。

それから、小半刻（三十分）ほど経ったろうか。西川屋の表戸が開いて、遊び人ふうの男がふたり出てきた。

「あのふたり、客じゃァねえ。政蔵の子分ですぜ」

孫六が言った。

　ふたりの男は薬研堀沿いの通りに出ると、大川の方へ足をむけた。ふたりは、源九郎たちを目にとめたはずだが、何の反応も示さなかった。この辺りは町人だけでなく武士も頻繁《ひんぱん》に姿を見せ、どの店に入るか迷い、堀沿いの店に目をやっている光景はよく見掛ける。それで、ふたりの男は、源九郎たちを見ても気にしなかったようだ。

「あのふたりから、政蔵が店にいるかどうか訊いてきやす」

　孫六はそう言って、その場を離れようとした。

「孫六、油断するなよ。近頃は、政蔵から長屋に住むわしらのことを聞いている子分も、少なからずいるはずだ。孫六のことも、聞いているかもしれんぞ」

　源九郎が言った。

「あっしの名は聞いていても、顔を見たことがねえ奴なら、心配することはねえ。うまく聞き出しやすよ」

　孫六はそう言い残して、ふたりの男の後を追った。そして、ふたりに追いつくと、何やら声をかけて、話しながら大川端の方へむかった。これまで、孫六は何度か西川屋から出てきた政蔵の子分に声をかけ、政蔵の居所を聞き出していたが、そのときと同じような光景である。

ただ、なかなか政蔵のことが聞き出せないらしく、孫六はふたりの男と大川端まで出た。そして、三人の姿が見えなくなった。孫六はふたりと話しながら、両国広小路の方にむかったらしい。

「華町、孫六はうまく聞き出してもどってくるかな」

菅井が、心配そうな顔をして言った。

「様子を見に、川沿いの道まで行ってみるか」

源九郎も孫六のことが心配になり、菅井とふたりで、足早に大川の方にむかった。

源九郎と菅井は、半町ほど歩いたところで足をとめた。通りの先に、孫六の姿が見えたのだ。孫六は、小走りに戻ってくる。

源九郎は孫六が近付くのを待ち、

「孫六、何か知れたか」

と、すぐに訊いた。

「た、大変ですぜ！」

孫六が、声をつまらせて言った。

「どうしたのだ」

「政蔵は、平助が言ったとおり、大勢の子分たちと、長屋を襲う気ですぜ」

孫六が、声高に言った。

「やはり、長屋を襲うのか！　いつだ」

珍しく、源九郎の声がうわずっていた。そばにいる菅井も、息を呑んで孫六を見つめている。

「二、三日後らしい。その間、長屋の様子を探るようでさァ」

「大勢で、襲うのか」

「あっしは長屋の者と知れねえように、それとなく訊いたんで、詳しいことは聞き出せなかったが、話を訊いた男は、子分たちを大勢連れていくらしい、と言ってやした」

「そうか」

源九郎はいっとき間を置き、

「今、政蔵は、西川屋にいるのか」

と、西川屋を見つめながら訊いた。

「いやす。話を訊いた男は、西川屋には政蔵だけでなく、子分たちも何人かいる、と言ってやした」

「ここで政蔵を討てば、始末がつく。長屋を襲われる心配もなくなるが……」

源九郎が、菅井と孫六に目をやって言った。

「華町、西川屋には、子分たちもいるようだ。下手に、俺たち三人だけで店に踏み込んだりすると、返り討ちだぞ」

菅井が、いつになく険しい顔をして言った。

「そうだな。……しばらく様子を見るか。子分たちが何人か店から出て、政蔵が店に残れば、踏み込んで討つことができる」

源九郎が言うと、菅井と孫六がうなずいた。

源九郎たち三人は、西川屋から半町ほど離れたところの堀沿いで枝葉を繁らせていた柳の陰に身を隠した。そこは、これまでも何度か、西川屋を見張った場所である。

二

源九郎たち三人が、柳の陰から西川屋を見張り始めてから、一刻(二時間)ほど経ったろうか。

この間、西川屋に客らしい男が何人か出入りしたが、政蔵はむろんのこと子分らしい男も姿を見せなかった。

「どうする」

菅井が、源九郎に顔をむけて訊いた。

「政蔵も、子分たちも店から出てくる様子はないな」

源九郎が渋い顔をして言った。

「今日は、長屋に帰るか。孫六が聞いた話だと、政蔵は二、三日後に、長屋を襲うつもりらしい。今も、子分が何人かで長屋を探っているようだ。……どうだ、長屋を探っている子分を捕まえて、話を訊いてみるか。政蔵は頭目として、長屋の襲撃に加わるのか、総勢何人ぐらいで長屋を襲撃する気なのか、そうしたことが分かれば、わしらも手が打てる。場合によっては、長屋の男たちを集めて、事情を話してもいい。味方が大勢なら、政蔵たちを追い返すこともできる」

源九郎は、長屋の男たちが何人も集まり、遠くから石でも投げれば、女子供たちも加わると見ていた。政蔵が子分たちを引き連れてきても、長屋の住人たちが総出で歯向かえば、太刀打ちできるはずだ。

「長屋に帰《けえ》りやしょう」

孫六が、源九郎と菅井に目をやって言った。

「そうするか」

菅井がうなずいた。

源九郎たち三人は来た道を引き返し、長屋にむかった。そして、大川にかかる両国橋を渡り、竪川沿いの道に出て、いっとき歩いてから左手の道に入った。その道の先に、伝兵衛店はある。

源九郎たちは伝兵衛店にむかって歩き、通りの先に長屋が見えてきたとき、

「あそこに、いやす!」

と、孫六が前方を指差して言った。

長屋の路地木戸から一町ほど離れた路傍で、枝葉を繁らせている椿の陰に人影があった。遠方ではっきりしないが、男がふたりいる。その場に身を隠して、長屋を見張っているようだ。

「間違いない、政蔵の手下だ」

菅井が言った。

「どうしやす」

孫六が訊いた。

「幸い、ふたりは長屋に気をとられて、背後にいるわしらには気付いていないよ

うだ。……急ごう」

源九郎たち三人は、小走りになった。

そして、男たちのいる椿に近付くと、足音を立てないように歩いた。

「俺が、やつらの前に出る」

菅井が言い、小走りになった。そして、できるだけ足音をたてないようにして、椿に近付いた。

菅井はふたりの男のそばまで来ると、急に走りだした。

ふたりの男が、振り返った。菅井の足音を耳にしたようだ。ふたりは菅井の姿を目にしたが、その場から逃げなかった。顔を見合って、首を捻っている。相手がひとりで、しかも樹陰にいるふたりには、顔もむけずに走っていくからだろう。

一方、源九郎と孫六は、足音を立てないようにしつつ、足早にふたりの男に近付いていく。ふたりの男は菅井に気をとられて、背後から近付いてくる源九郎たちには、気付いていないようだ。

菅井は、ふたりの男から一町ほど離れたところで足をとめて反転した。そして、ゆっくりとした足取りで、引き返してきた。

ふたりの男は、戸惑うような表情を浮かべて顔を見合っていたが、菅井が近付くと、通りに出た。そして、腰に差した短刀を抜いた。相手がひとりだったので、逃げずに戦う気になったようだ。

菅井はふたりの男から、四間ほど離れたところで足をとめた。

ふたりの男は、短刀を手にしたまま菅井に近づいていく。やがてその距離が二間半ほどまで迫ったとき、すぐ背後まで近付いていた源九郎が、その背に声をかけた。

「おい、おまえたちの相手はひとりではないぞ」

慌てて振り返ったふたりは、源九郎の姿を目にして、驚いたような顔をした。

源九郎は、抜き放った刀の切っ先を男たちにむけている。

「訊かれたことに答えれば、手荒な真似はしない。だが、逆らうようならば、この場で切り捨てることになるかもしれんぞ」

源九郎が語気を強めて言うと、ふたりの男はいっとき戸惑っていたが、やがて短刀を持った手を下ろした。ふたりの武士に挟み撃ちにされ、戦う気が失せたのだろう。

消沈したふたりの様子を見て、菅井が口を開いた。

「政蔵の手の者だな」

菅井が政蔵の名を口にすると、ふたりの男は驚いたような顔をした。自分たちが何者なのか、いきなり言われたからだろう。

「おまえたちは長屋に出入りするわしらのことを探って、政蔵に知らせるつもりだな。政蔵は、長屋を襲うつもりなのだろう」

源九郎が、ふたりの男を見据えて言った。

「……！」

ふたりの男は、息を呑んで顔を見合った。自分たちが、何のために何をしようとしていたか、源九郎が知っていたからだろう。

「ちがうのか！」

源九郎が、語気を強くして訊いた。

「そ、そうだ」

年上らしい男が、声をつまらせて言った。脇にいた年下らしい若い男が、うなずいている。ふたりとも、すでに知られていることを隠しても仕方がない、と思ったのだろう。

「近いうちに、襲う気なのか」

さらに、源九郎が訊いた。

「二、三日のうちに、長屋を襲うと言ってやした」

年上らしい男が、隠さずに話した。若い男は、うなずいている。

「二、三日のうちか」

そう言って、源九郎は脇にいた菅井に目をやった。

「政蔵は子分たちを引き連れて、長屋を襲うのだな」

菅井が念を押すように訊いた。

「……………」

ふたりの男は、何も言わずにうなずいた。

「子分たちを、何人ほど連れてくるのだ」

菅井が訊いた。

「はっきりしたことは分からねえが、十人ほどは、連れてくるはずでさァ」

年上らしい男が言った。

「十人か。……大勢だな」

源九郎はそうつぶやいた後、

「そのなかに、武士は何人いる」

と、年上らしい男に顔をむけて訊いた。

「今は、ならず者とあまり変わりねえが、二本差しだった男が、ふたりいるはずでさァ」

「ふたりか、頭目の政蔵を加えて三人だな」

源九郎が思っていたより大勢だった。おそらく、三人の男は、人を斬った経験があるにちがいない。

「容易な相手ではないぞ」

源九郎が言うと、菅井と孫六も険しい顔をしてうなずいた。

源九郎たち三人が口を閉じると、

「訊かれたことは、隠さず話しやした。これで、あっしらも、親分のところには帰《けえ》れねえ」

年上らしい男が言うと、

「親分と縁を切るしかねえ」

若い男がつぶやいた。

「しばらく、親分の政蔵と、離れて暮らすんだな。ふたりを長屋に連れていってもいいが、政蔵たちが乗り込んできたとき、ふたりの姿を目にすれば、裏切ったとみて、生かしておかないだろうな」

源九郎は、ふたりの男に目をやって言った。

「ま、政次兄い、どうする」

若い男が、声をつまらせて訊いた。年上の男の名は政次らしい。

「俺は身を隠す。……すこし遠いが、深川で兄貴が八百屋をやっているので、ほとぼりが冷めるまで、そこに厄介になるつもりだ」

政次は、そう言った後、

「茂造、おめえ、しばらく身を隠すところがあるのか」

と、若い男に訊いた。こちらは茂造という名らしい。

「ねえ。……身を隠すような家はねえ」

茂造が、肩を落として言った。

「俺と一緒に深川に来ねえか。……おめえも、八百屋を手伝えばいい。金にはならねえが、飢え死にすることはねえ」

「兄い、お願いしやす。あっしも連れてってくだせえ」

茂造が、懇願するように言った。

「一緒に来な」

政次が、茂造の肩をたたいた。

三

源九郎は政次と茂造の姿が遠ざかると、そばにいた菅井と孫六に目をやり、

「長屋の住人を何人か集めて、政蔵たちが長屋を襲うことを話しておこう。おしのとおせんに辛い思いをさせた西川屋の政蔵という男が、子分たちを連れて長屋に踏み込んでくると知らせておくのだ」

そう言って、長屋に足をむけた。

「承知しやした」

孫六が言い、菅井がうなずいた。

源九郎たち三人は、長屋の路地木戸をくぐると、後で源九郎の家に集まることにして、その場で別れた。三人は別々に長屋の家をまわって、政蔵たちが踏み込んで来ても、近付かないように話しておくことにした。下手に政蔵たちに近付くと、女子供でも殺される恐れがある。

それから、半刻（一時間）ほどして、源九郎の家に菅井と孫六が姿を見せた。

「ともかく、上がってくれ」

源九郎が、菅井と孫六を座敷に上げた。

「華町、お熊たち女房連中に色々訊かれたぞ」

菅井が言うと、

「あっしも、訊かれやした。女房連中は、おしのとおせんを働かせて辛い思いをさせた男たちが、長屋に踏み込んでくるなら、みんなで痛い思いをさせて、追い返してやると言ってやした」

孫六が、身を乗り出して言った。

「俺も、同じようなことを女房連中に言われた」

菅井が口を挟んだ。

「長屋の女たちは、まるで自分の娘のことのように、おしのとおせんに辛い思いをさせた西川屋の男たちを恨んでいたからな」

源九郎が、そうつぶやいた時だった。戸口に近付いてくる下駄の音や長屋の女たちの声が聞こえた。

「長屋の女房連中ではないか」

そう言って、源九郎が立ち上がった。菅井と孫六も立ち上がって、源九郎につづいて土間に足をむけた。

下駄の音は、源九郎の家の腰高障子の前でとまり、

「華町の旦那、いますか」

と、お熊の声がした。

「いるぞ。すぐ、外へ出る」

源九郎は座敷から土間へ下りた。菅井と孫六も、源九郎につづいた。狭い土間へ長屋の女房連中を入れて、話すわけにはいかなかったのだ。

源九郎、菅井、孫六の三人は、腰高障子を開けて外に出た。お熊をはじめ、長屋の女房連中が戸口に大勢集まっていた。幼子の手を引く母親や赤子を抱いた若妻の姿もあった。

「どうした、何かあったのか」

源九郎が、前に立っているお熊に訊いた。

「何かあるのは、これからなんでしょう。……菅井の旦那から、聞いたんですけど、おしのちゃんやおせんちゃんに辛い思いをさせた西川屋の悪い男たちが、長屋に踏み込んでくるそうですね」

お熊が念を押すように訊くと、そばにいた女房の何人かが、「わたしも、聞きましたよ」と言い添えた。

「そうだ。……長屋に踏み込んでくる男たちのなかには、刀や脇差を差している者が何人もいるはずだ」

源九郎はお熊だけでなく、その場に集まっている女房連中にも聞こえる声で言った。

「そいつら、華町の旦那たちを襲うんじゃァないのかい」

お熊が訊いた。

「そうだ。狙いは、わしらだ。……お熊たちは、男たちが踏み込んできたら、外に出ずに家のなかにいてくれ」

源九郎が、女房連中に目をやって言った。

すると、女房連中からざわめきがおこった。あちこちから、「みんなで、悪いやつらを追い出そうよ」「遠くから石を投げるんだ」「華町さまたちに、味方するのよ」などという声が聞こえた。

「華町の旦那、あたしらは、みんなで長屋に踏み込んできた悪いやつらを追い出すつもりで来たんだ」

お熊が声高に言うと、集まっている女房連中がうなずいた。

「分かった。みんなの手を借りる」

源九郎はそう言った後、

「いいか。長屋に踏み込んできたやつらに、近付くなよ。女子供でも、平気で手にかけるやつらだぞ。……遠くから、石でも投げてくれ」

と、女房連中みんなに聞こえるように声高に言った。

すると、女たちのなかから、「わたし、近付かないよ」「遠くから、石を投げるだけ」「華町さまたちには、石が当たらないように投げるから」などという声が聞こえた。

「頼むぞ！」

源九郎が、女たちみんなに聞こえる声で言った。

「悪いやつらが来るまで、家に隠れているのよ」

お熊が、女たちに言うと、

「隠れてるよ」

「子供は、外に出さないから」

などという女の声が、あちこちで聞こえた。

そして、女たちは話しながら、自分の家のある方へ歩きだした。

源九郎は、女たちの姿が見えなくなると、

「ああして、長屋の女子供までひとつになって、わしら長屋の住人を助けようとしている。相手が、子分たちを連れた武士であろうとな」

そうつぶやいて、菅井に目をやった。

「そこが、長屋のいいところだ。別の家に住んでいても、家族のように思っているのだ。……武士も町人もない」

菅井が、長屋の家々に目をやって言った。

四

源九郎たちが、お熊たち長屋の女房連中と話した翌日の四ツ（午前十時）ごろだった。源九郎が遅い朝飯の後、茶を飲んでいると、戸口に駆け寄る足音が聞こえた。足音は腰高障子の前でとまり、

「華町の旦那、いやすか！」

という、孫六の声が聞こえた。慌てているようだ。

「いるぞ、入ってくれ」

源九郎が声をかけた。

すぐに、腰高障子が開き、孫六が土間に飛び込んできた。走ってきたらしく、

肩で息をしている。

「どうした、孫六」

源九郎が訊いた。

「き、来やす！　政蔵たちが」

孫六が声をつまらせて言った。

「なに！　政蔵たちは、もう長屋に来るのか」

源九郎は湯飲みを脇に置いて、立ち上がった。

「長屋に、来やす！」

「何人ほどいた」

「七、八人いやした。政蔵の他に、二本差しがふたりいやす」

「武士が、三人か」

源九郎はそう言った後、

「孫六、すぐに菅井に知らせてくれ。それにな、長屋の住人たちには、様子の知れるまで、家に籠っているように話してくれ」

「菅井の旦那にはすぐ来るように知らせやすが、長屋の女房連中は家にいるように話しても、無駄ですぜ」

孫六が口早に言った。

「そうだな。ともかく、命が惜しかったら、長屋に押し入った者たちに近付くなと話してくれ」

源九郎も、お熊をはじめ長屋の女房連中は、相手が二本差しやならず者たちであっても、遠くから石を投げて、追い出そうとするだろうと思った。

女房連中は長屋にいて外に出ることがすくないせいか、長屋の住人たちを家族のように思う者が多かったのだ。

「先に、菅井の旦那に知らせてきやす」

そう言って、孫六が飛び出した。

いっときすると、孫六が菅井を連れて戻ってきた。そして、孫六は、

「お熊さんたち、何人かに、二本差しやならず者たちに近付くな、と話してきやす」

と言い残し、すぐにその場を離れた。

「華町、孫六から話を聞いたぞ」

菅井が言った。

「ともかく、家に入ってくれ」

源九郎は、菅井を家に入れた。そして、上がり框に腰を下ろすのを待ち、

「孫六から聞いたかもしれんが、長屋に踏み込んでくるのは、七、八人らしい。それに、政蔵の他に武士がふたりいるようだ」

と菅井に顔をむけて言うと、

「大勢だな」

菅井が顔をしかめた。

「何としても、長屋にとどまって政蔵たちを追い返さねばならぬ。わしらが逃げたりすると、長屋を荒らされる。政蔵たちは、容赦なく女子供にも手を出すぞ」

「逃げるわけには、いかないな。長屋のみんなを守らねばならん」

菅井は、険しい顔で言った。

そのとき、戸口に走り寄る足音がし、腰高障子が開いた。顔を出したのは、孫六である。

孫六は土間に入ってくると、

「長屋の女たちにも話しやしたが、お熊たち何人かが、ここに来やすぜ。旦那たちに、何か話すことがあるらしい」

孫六がそう言ったとき、何人かの下駄の足音と女の話し声が聞こえた。お熊た

ちが、ここに来るようだ。

女の話し声と足音は、戸口近くでとまった。

「華町の旦那、いますか」

お熊の声が、聞こえた。

「いま、行く」

源九郎が立ち上がった。

源九郎につづいて、孫六と菅井も戸口から外に出た。

戸口のまわりに、お熊をはじめ長屋の女房連中が十人ほど集まっていた。なかには、赤子を抱いた若い女房の姿もあった。

お熊が訊いた。

「孫六さんから聞いたんだけど、西川屋の男たちが、押し込んでくるそうだね」

女房連中は不安そうな顔をして、源九郎を見つめている。

「みんな、前にも話したとおり、踏み込んできたやつらに近付かないでくれ。それに、赤子や幼い子は、外に出さないようにな」

源九郎はそう言った後、

「遠くから、石を投げるだけならかまわないぞ」

と、女房連中に念を押した。これまでも、長屋の女房連中が遠くから石を投げて、長屋に踏み込んできたならず者たちを追い払ったことがあったのだ。

「分かってる。悪いやつらには、近付かないよ。遠くから石を投げるだけにする」

お熊が言うと、女房連中がうなずいた。

「それから、踏み込んできた男たちが、みんなを襲うつもりで近付こうとしたら、家にもどるのだぞ」

さらに、源九郎が念を押した。

お熊がうなずいた後、

「みんな、遠くから石を投げるだけだよ。華町さまに、当たらないようにね」

と、女房連中に顔をむけて言った。

女房連中はうなずき合い、それぞれの家にもどった。後に残ったお熊が、

「華町さま、みんな、分かっているから心配しないで……。長屋のみんなは、助け合って暮らしているの」

と、笑みを浮かべて言い、

「おしのちゃんと、おせんちゃんも、旦那たちに助けてもらったんだし、あたしらもできることはやらないとね」

そう言い残して、踵を返した。

五

「おい、来たようだぞ！」

源九郎が、座敷にいた菅井と孫六に声をかけた。

腰高障子の先で、「あそこだ！　華町の家は」「華町はいるかな」などという声と、何人もの足音が聞こえた。

「家のなかに踏み込まれると、厄介だ。戸口で迎え撃とう」

菅井が言い、傍らに置いてあった大刀を手にして立ち上がった。

源九郎も刀を手にして立ち、菅井につづいて戸口にむかった。孫六は源九郎から少し遅れて、戸口から出た。

「見ろ！　政蔵と子分たちだ」

源九郎が、路地木戸を指差して言った。

政蔵らしき男と子分たちが、小走りに近付いてくる。総勢、八人だった。政蔵と牢人体の男がふたり、他の五人は、遊び人ふうである。いずれも、政蔵の子分であろう。

「あそこだ！　華町たちがいるぞ」

八人の先頭にいた遊び人ふうの男が、声を上げた。家の戸口にいる源九郎たちを目にしたらしい。

「華町と一緒にいるふたりは、仲間だ。三人とも、逃がすな！」

政蔵が、源九郎たちを指差して言った。

「ここで、迎え撃とう」

源九郎が、菅井に顔をむけて言った。戸口を背にして立てば、政蔵たちに背後にまわられる恐れがないのだ。

「孫六、敷居のそばから離れるな」

源九郎は、孫六にも声をかけた。戸口の敷居から離れなければ、政蔵たちが近付いても出入り口の戸が邪魔になって、孫六に刀をふるうことができないはずだ。

「承知しやした」

孫六は、敷居のそばに立ったまま身構えた。素手である。

政蔵たち八人は、源九郎たち三人が立っている戸口から二間ほど離れた所で、足をとめた。

政蔵に同行した牢人体のふたりと、脇差を手にした遊び人ふうの三人が、源九郎たち三人と対峙《たいじ》した。政蔵と他のふたりは、戸口からすこし身を引いている。戸口が狭く、何人もで戸口の前に立てなかったのだ。

「華町、観念しろ！」

政蔵が、声をかけた。その声が合図であったかのように、牢人体のふたりが、抜刀した。これを見た脇差を手にした三人の男も、切っ先を戸口に立っている源九郎と菅井にむけて身構えた。

「やるしかないな」

源九郎が刀を抜くと、菅井も抜刀体勢をとった。源九郎は、刀身を峰に返さなかった。峰打ちにする気が、なかったのだ。

「油断するな。ふたりとも遣い手だぞ」

政蔵が、刀や脇差を手にした子分たちに声をかけた。

その声を合図に、子分たちが刃物を手にしたまま、ジリジリと間合をつめ始めた。

そのときだった。孫六が身を乗り出すようにして、

「長屋の女たちだ！」

と、声を上げた。

その声で、子分たちは足をとめて、背後を振り返った。お熊をはじめ、長屋の女房連中が大勢家から出てきたのだ。いや、女房連中だけではない。女房連中の背後に、子供たちの姿も見える。

女房連中のなかから、「あそこだよ!」「華町の旦那の家の前に、いるよ」「七、八人いる!」などという声が聞こえた。

「近付くんじゃァないよ。遠くから石を投げるんだ!」

お熊が、女房連中に声をかけた。

すると、女房のひとりが、足元に転がっていた小石を手にし、源九郎の家の戸口の前にいる政蔵たちにむかって投げた。

小石は、政蔵たちから五、六間ほど離れた地面に落ちて転がった。届かなかったのである。

これを見た他の女たちが、足元近くに落ちている手頃な小石を手にして投げ始めた。ほとんどの小石は、政蔵たちまで届かず、地面に落ちて転がったが、なかには足元近くまで飛んだ石もあった。

政蔵たちは戸惑うような顔をして、女たちに目をやっていたが、

「長屋の女たちを、蹴散らしてこい!」

政蔵が子分たちに命じた。

「殺してやる!」

子分のひとりが叫び、手にした脇差を振り上げて、長屋の女たちに向かって歩きだした。これを見た他のひとりが、短刀を手にしてつづいた。

「ワアッ! 来たよ」

「逃げるんだ!」

女たちが声を上げ、慌てて逃げた。家の近い者は自分の家の戸口に飛び込んだが、多くの女子供は、長屋の棟の脇に身を隠したり、他人の家に入って、様子を窺ったりしている。

源九郎の家の戸口から離れたふたりの子分は、すこし歩いたところで足をとめた。石を投げていた女子供の姿が見えなくなったからだ。

「女たちは、逃げちまったぜ」

子分のひとりが言った。

「意気地《いくじ》のねえやつらだ。……女、子供じゃァ、何もできねえよ」

ひとりの子分が言い、踵を返して、政蔵のいる場にもどろうとした。

すると、これを見た女たちが身を隠していた場から一斉に姿をあらわし、足元の小石を拾って、ふたりの子分にむかって投げた。

小石が雨霰《あめあられ》のように、ふたりの子分を襲った。

ふたりの子分は悲鳴を上げ、両手で頭を覆って逃げた。女たちは、さらにふたりにむかって石を投げた。

「た、助けて！」

「痛《いて》えよ！」

ふたりの子分は声を上げ、政蔵のいる場に逃げもどった。

これを見た政蔵と他の子分は、手にした刀や脇差を振り上げて、「殺すぞ！」「女、子供でも、容赦はしねえ！」などと叫んで、威嚇した。

だが、女たちは逃げなかった。ふたりの男は逃げ腰になっているし、家に飛び込めば、男たちから逃げられると思っていたからだ。

女たちは小石の届くところまで近付いて、手当たり次第に投げた。バラバラと飛んでいった小石の多くは、政蔵たちまで届かなかったが、なかには子分たちの体に当たる石もあった。

このとき、戸口に出ていた源九郎は、男が背をむけたところをとらえ、一歩踏み込んで、刀を袈裟《けさ》に払った。素早い動きである。

ギャッ！　と悲鳴を上げ、男がよろめいた。源九郎の切っ先が、男の肩から背にかけて切り裂いたのだ。傷は浅く、男の皮肉《ひにく》を裂いただけだったが、男の背は血に染まった。

これを見た政蔵は、

「引け！　逃げるんだ」

と声を上げた。このままだと、生きて長屋を出られないと思ったようだ。

政蔵は刀を振り上げ、

「どけ！　どかぬと、殺すぞ」

と、叫び、長屋の女たちの方に小走りにむかった。これを見た政蔵のそばにいた子分たちも、刀や脇差を手にしたまま政蔵の後につづいた。

すると、お熊や女房連中が、「ワアッ！　来た」「逃げるのよ！」「家に飛び込め！」などと叫びながら、それぞれの家に逃げ込んだ。

このとき、戸口にいた源九郎は、ひとりの男が逃げ遅れたのを目にし、素早い動きで後を追った。そして、追いついたところで、背後から刀身を横に払った。

源九郎の峰打ちが、男の横っ腹を強打した。

男は手にした刀を落とし、横っ腹を両手で押さえて蹲った。腹を押さえたまま、呻き声を上げている。

「動くな！」

源九郎は、男の首近くに刀の切っ先をむけた。男は体を震わせたまま、その場から動かなかった。

六

長屋の女房たちの多くが、逃げる男たちの足音を耳にしたらしく、表戸を少し開けて外を見た。そして、源九郎と蹲っている男を目にすると、ひとり、ふたりと表戸を開けて外に出てきた。

戸口から出てきたお熊が、

「ならず者たちは、逃げたらしいよ！」

と、家に残っている女房連中に聞こえる声で言った。すると、何人もの女房や子供たちが姿を見せた。

「近くまで、行ってみよう」

お熊が言い、女房や子供たちがつづいた。

源九郎は、戸口近くに集まってきた長屋の女房連中や子供たちを目にし、

「みんなのお蔭で、助かったぞ。長屋を襲った男たちは、おしのとおせんを働かせていた西川屋のやつらだ。これに懲《こ》りて、二度と長屋に押し込んでくるようなことはないだろう。……ひとりだけ捕まえたので、色々訊いてみるつもりだ」

と、声を大きくして、女房や子供たちに話した。

すると、お熊や女房たちの間から、「よかったね」「華町の旦那たちは、強いね」「これで、安心だよ」などと話す声が聞こえた。女房や子供たちは、みんなほっとした表情をしている。

「ただ、西川屋のやつらは、懲りずに何か仕掛けてくるかもしれん。長屋を探っている男を目にしたら、知らせてくれ」

と、源九郎たちが、女房連中に声をかけた。

「長屋を探っている男を見掛けたら、真っ先に旦那たちにお話ししますよ」

お熊が声高に言うと、集まっている女房連中が、「旦那たちに、話します」「すぐに、知らせますから」「旦那たちなら、追い返してくれるよ」などという声が、あちこちで聞こえた。

「亭主や子供たちにも、怪しい男を見掛けたら話しかけたりせずに、わしらに知

らせるように伝えてくれ」

源九郎が、女房たちに言い添えた。

お熊をはじめ女房連中は安心したような顔をして、お喋りをしながらそれぞれの家にもどっていった。

源九郎は女房連中の姿が見えなくなると、捕らえた男に目をむけ、

「親分の政蔵は、おまえを見捨てて逃げたぞ。初めから、助ける気などなかったのかもしれんな」

と、話しかけた。

「あんな奴、親分じゃァねえ」

男が、顔をしかめて言った。

「わしらは、おまえを殺す気などないぞ。わしらが訊いたことに答えれば、好きなところへ逃がしてやる」

源九郎が穏やかな声で言った。

「……………」

男の顔が、しかめっ面《つら》から戸惑うような表情に変わった。

「おまえの名は」

源九郎が訊いた。

「長次郎《ちようじろう》でさァ」

男は、隠さずに名乗った。

「政蔵は、今、どこにいる」

源九郎が、単刀直入に訊いた。

長次郎は、いっとき口を閉じていたが、

「薬研堀の西川屋にいると思いやす。親分が、西川屋の他に行くとすれば、千鳥橋近くにある小料理屋でさァ」

と、つぶやくような声で言った。

「その小料理屋は、千鳥橋近くにある桔梗か」

源九郎は、以前探ったことのある桔梗の名を口にした。

「よく、御存知で」

長次郎が、驚いたような顔をして言った。

「ともかく、西川屋を探ってみよう」

源九郎はそう言うと、その場にいた菅井と孫六に、「何かあったら、訊いてくれ」と声をかけた。

すると菅井が、長次郎に身を寄せ、

「西川屋には、今も政蔵の子分たちがいるのか」

と、訊いた。孫六は菅井の脇に来て、長次郎に目をむけている。

「いやす。……でも、近頃、少なくなったようでさァ。あっしと同じように、政蔵親分に連れまわされ、危ねえ橋を渡ることになりやすからね。近頃、親分のそばから姿を消した奴が、何人かいるんでさァ」

長次郎が、顔をしかめて言った。

「西川屋に客がいないのは、朝のうちか」

さらに、菅井が訊いた。

「昼四ツ（午前十時）ごろまで、客が入《へえ》ってねえことが多いんでさァ」

すぐに、長次郎が答えた。

「まだ、店が開いたばかりだな」

「そうでさァ」

「四ツごろ、政蔵は西川屋にいるのか」

「いることが、多いようで……」

「店のどの辺りにいるのだ。客を入れる部屋ということはあるまい」

菅井が、矢継ぎ早に訊いた。

「親分がいるのは、店の奥の帳場に近え座敷《ちけ》でさァ。そこは狭いが、親分だけの部屋になってるんで」

「その部屋に、寝泊まりしているのだな」

菅井が念を押した。

「そうで……」

「西川屋だがな。裏手からも、出入りできるのか」

さらに、菅井が訊いた。

「できやす。板場を通って、裏手から外に出られやす。ただ、店の脇の狭いところを通らねえと、表には出られねえ」

「そうか」

菅井はうなずいて身を引いた。もう、俺から訊くことはない、という意思表示である。

すると、菅井と長次郎のやり取りを聞いていた孫六が、

「あっしも、訊いていいですかい」

と、源九郎に目をやって言った。

「訊いてくれ」

源九郎は、孫六に顔をむけてうなずいた。

「西川屋の女将のおれんだがな、政蔵の情婦《おんな》なのか」

孫六が小声で訊いた。

「三年ほど前《めえ》までは、女将も親分の情婦だったんですがね。近頃、女将は西川屋のやりくりや客の接待などで忙しく、親分とくっついていることは、すくねえようで……」

長次郎の口許に薄笑いが浮いたが、すぐに険しい顔にもどった。今、自分が置かれている立場を思い出したようだ。

「それに、政蔵には、千鳥橋近くの小料理屋に情婦《いろ》がいるからな」

孫六はそうつぶやいて、長次郎のそばから身を引いた。

次に口を開く者がなく、その場が沈黙につつまれたとき、

「あっしを、帰《けえ》してくだせえ。知ってることは、みんな話しやした」

長次郎が、身を乗り出して言った。

「どこへ帰るのだ。西川屋か」

源九郎が訊いた。

「西川屋には、行かねえ。……あっしが、旦那たちに話したことが知れれば、生きちゃァいられねえ」

長次郎が、不安そうな顔をして言った。

「西川屋ではなく、他に行くところがあるのか」

「ありやす。本郷《ほんごう》で、あっしの親が飲み屋をやってるんで、そこへ帰《けえ》りやす。頭を下げねえと、帰《けえ》れねえが……」

長次郎は眉を寄せて、頭を垂れた。親に、合わせる顔がないのだろう。

「真面目に店の手伝いをすれば、親も喜ぶさ」

源九郎が、笑みを浮かべて言った。

第六章　首魁《しゅかい》の剣

一

「孫六、出掛けるか」

源九郎が孫六に声をかけた。

「菅井の旦那は？」

孫六が源九郎の家の戸口から、なかを覗いて訊いた。

「まだ、ここには来ていない。菅井は、家にいるはずだ。菅井の家を覗いて、連れて行けばいい」

そう言って、源九郎は座敷から土間へ下りた。

源九郎、孫六、菅井の三人で、これから薬研堀に行くことになっていたのだ。

政蔵が西川屋にいれば、機会を見て、政蔵を討つつもりだった。政蔵さえ討てば、子分たちの多くは西川屋を出て、それぞれの住居や親たちの住む実家に帰るだろう。それに、西川屋は長屋の娘、おしのとおせんを店に連れていき、客に体を売らせたような真似はせず、老舗《しにせ》の料理屋にもどるはずだ。

源九郎と孫六が戸口から出ると、近付いてくる足音が聞こえた。

「菅井の旦那ですぜ」

孫六が指差して言った。

見ると、菅井が小走りに近付いてくる。源九郎と孫六の姿を目にしたらしい。

菅井は源九郎のそばまで来て、足をとめると、

「ま、待たせたか」

と、息を弾《はず》ませて訊いた。

「いや、わしと孫六は、今、戸口から出たところだ。……出掛けるか」

源九郎が訊くと、菅井がうなずいた。

源九郎、孫六、菅井の三人は、長屋の路地木戸から出て、竪川沿いの通りにむかった。このところ、源九郎たちが何度も行き来した道である。

源九郎たちは、竪川沿いの通りから賑やかな両国広小路に出ると、大川沿いの

道を南にむかった。そして、薬研堀にかかる元柳橋のたもとに出て、堀沿いの道をいっとき歩くと、道沿いにある西川屋が見えてきた。

「また、柳の陰に身を隠しやすか」

孫六が、堀沿いで枝葉を繁らせている柳の木を指差して訊いた。そこは、源九郎たちがこれまで何度も身を隠して、西川屋を見張った場所である。

「そうだな。まず、西川屋に政蔵がいるかどうか、探らないとな」

源九郎が孫六と菅井に顔をむけて言い、三人で柳の樹陰に身を隠した。

「西川屋は、静かだな」

孫六が言った。

店先に暖簾は出ていたが、店内から客の談笑の声や障子を開け閉めするような音は聞こえなかった。ひっそりとしている。

「四ツ(午前十時)を過ぎたばかりだからな。まだ、客が店に入っていないのではないか」

菅井が、西川屋の店先に目をやりながら言った。

「そうだな。昼近くなれば、賑やかになるだろう」

源九郎が言うと、

「政蔵が店にいれば、討ち取るいい機会ではないか。まだ、客はいないし、子分たちがいても、ひとりかふたりではないかな」

菅井が、西川屋の戸口を見つめて言った。

「店に踏み込みやすか」

孫六が、身を乗り出して訊いた。その気になっている。

「その前に、政蔵がいるかどうか、探らないとな。踏み込んでも政蔵がいなければ、手も足も出ないぞ」

源九郎は、西川屋に踏み込む前に、政蔵が店内のどこにいて、何をしているのか知りたかった。居所も知らずに店に踏み込んでも、政蔵を捕らえることも討つことも難しいだろう。政蔵は、源九郎たちが乗り込んでくることも念頭に置き、逃げ道も決めてあるにちがいない。

源九郎たちが柳の樹陰に身を隠して、小半刻（三十分）ほど経ったろうか。ふいに、店の出入り口の格子戸が開いて、遊び人ふうの男がひとり姿を見せた。

男は戸口で足をとめ、通りの左右に目をやってから大川の方にむかって、足早に歩きだした。

「あいつは、政蔵の子分ですぜ」

孫六が男を見つめて言った。

「あいつを、押さえよう。色々訊きたいことがある」

源九郎は柳の樹陰から出て、遊び人ふうの男に足をむけた。

「あっしが、やつの前に出やす。挟み撃ちにしやしょう」

孫六はそう言い残し、男の後を追って走りだした。

源九郎と菅井も、男にむかって足早に歩いた。前を行く男は、振り返りもしなかった。源九郎たち三人の動きに、気付いていないようだ。

孫六は男の脇を通って追い越し、男から半町ほど離れてから足をとめた。そして、踵を返し、ゆっくりとした歩調で男に近付いていく。

男は孫六を目にしたはずだが、立ち止まることもなく、歩調も変えずに歩いている。孫六が自分の行く手を阻もうとしているとは、思ってもみなかったのだろう。

孫六は男との間が狭まると、通りのなかほどに足をとめた。そして、男に目をむけたまま、動かなかった。

男は、孫六が自分の行く手に立ち塞がっているのを目にし、ただの通行人ではないと思ったらしく、

「俺に、何か用があるのかい」

と、どすの利いた声で訊いた。

「用があるのは、俺だけじゃァねえ。後ろのふたりも、用があるのよ」

孫六が言った。

「なに！　後ろだと」

男は振り返った。小走りに近付いてきた源九郎と菅井が、男の背後に迫っていた。すでに、源九郎は抜刀し、刀身を峰に返している。

「挟み撃ちか！」

男は叫びざま懐に右手をつっ込んで、匕首を取り出した。その匕首が、小刻みに震えている。昂奮して、腕に力が入り過ぎているのだ。

「匕首は、しまえ。わしらは、話を聞くだけだ」

そう言って、源九郎が男に近付いた。

すると、男は「殺してやる！」と叫びざま、手にした匕首を前に突き出して、つっ込んできた。

咄嗟《とっさ》に、源九郎は右手に体《たい》を寄せ、男の右腕を狙って峰に返した刀を振り下ろした。素早い動きである。

源九郎の刀身が、前に突き出した男の右の前腕《ぜんわん》をとらえた。

男は匕首を取り落とし、左手で右の前腕を押さえた。顔をしかめている。腕が痛むようだ。

「心配するな。……手加減したので、すこし痛むだけだ」

源九郎はそう言って、刀身を鞘《さや》に納めた。

源九郎、菅井、孫六の三人は、通行人の邪魔にならないように、男を薬研堀の堀近くに連れて行った。

「おまえの名は」

源九郎が小声で訊いた。

男は戸惑うような顔をして口をつぐんでいたが、

「い、市造《いちぞう》でさァ」

と、声をつまらせて名乗った。

「市造か。……訊きたいことがあるのだがな。隠さず話してくれれば、おまえに手を出すようなことは、しないつもりだ」

源九郎が言った。

「……」

市造は、首をすくめるようにうなずいた。

二

「実はな。わしらは、本所相生町にある伝兵衛店と呼ばれる長屋に住んでいる者たちなのだ」

源九郎が言うと、市造は改めて源九郎、菅井、孫六の三人に目をむけ、

「伝兵衛店のことは、聞いてやす」

と、小声で言った。顔の不安そうな表情が薄らいだ。この場で殺されることはない、と思ったのかもしれない。

「長屋は、政蔵たちに酷《ひど》い目に遭わされてな。長屋の者にも落ち度はあったのだが、娘たちは辛い思いはさせられるし、住人たちが、殺されそうな目にも遭っている。それに、いまだに政蔵は伝兵衛店を目の敵にして、子分たちに長屋を見張らせたり、襲ったりしているのだ」

源九郎はそこまで話して、一息ついた後、

「わしらは長屋を守るために、政蔵を討つつもりでいる。今日、薬研堀に来たのも、政蔵を討つためだ」

そう言い添えると、そばにいた菅井と孫六がうなずいた。

「伝兵衛店には腕の立つお方がいるとは、聞いてやす」

市造が声をひそめて言った。隠す気はないらしい。

「それで、政蔵だが、西川屋にいるのか」

源九郎が訊いた。

「あっしが店を出るときは、いやしたが……」

市造は首を傾げた。

「いないのか」

源九郎が、聞き直した。

「親分は出掛ける支度をしてたもので……」

市造は、戸惑うような顔をして語尾を濁した。はっきりしないのだろう。

「出掛ける支度をしてたのか」

源九郎が、念を押すように訊いた。

「そうでさァ。……親分は表の通りには出ねえで、店の裏手から大川端の方にむかったかもしれねえ」

「店の裏手から、大川端に出られるのか」

源九郎が聞き直した。菅井と孫六は驚いたような顔をして、市造を見つめている。

「出られやす。……ただ、道はねえんでさァ。他の店の脇や裏手の狭い場所を通らねえと、大川端の近くまで出られねえ」

市造によると、子分たちは滅多に裏手の道をたどって大川端に出ることはないという。

「政蔵はわしらが西川屋を見張っていることを予想して、裏手の道をたどり、大川端まで出たのだな」

源九郎が念を押した。

「そうかもしれねえ」

市造が小声で言った。

つづいて口を開く者はなく、その場が重苦しい沈黙につつまれたとき、

「政蔵だがな。……そんな思いまでして、どこへむかったのだ。ひとりということであれば、わしらの住む長屋にむかったとも思えぬ」

源九郎が、市造をみつめて訊いた。

「情婦《いろ》のところでさァ」

市造の口許に、薄笑いが浮いた。

「情婦というと、千鳥橋の近くにある小料理屋の女将か」

源九郎は、政蔵の情婦が、小料理屋の女将をしていると聞いて、行ってみたことがあったのだ。

「よく、御存知で」

市造が、驚いたような顔をした。まさか、政蔵の情婦が小料理屋の女将をしていることまで、知っているとは思わなかったのだろう。

「そうか、政蔵はしばらく身を隠すために、薬研堀とは離れたところにある小料理屋に籠ったのだな」

源九郎が言うと、その場にいた菅井と孫六がうなずいた。ふたりとも、源九郎と同じことを思ったのだろう。

「親分が、情婦のところにいるのは、そう長い間じゃァねえ。情婦のところに長い間いれば、西川屋に出入りしている子分たちが、何をするか分からねえ。女将に手を出すやつがいるかもしれねえ」

市造はそう言って、鼻先で笑ったが、すぐに顔から笑いを消した。今、目の前にいる男たちが、政蔵の行方を探っている伝兵衛店の住人であることを思い出したのだろう。

源九郎はすこし間を置いてから、

「ところで、政蔵の手の者たちだが、大勢いるのか」

と、声をあらためて訊いた。市造がそばにいるので、子分たちとは言わなかった。

「あっしと同じように、西川屋に出入りしてるのは、十人ほどでさァ」

市造が小声で言った。

「十人も、いるのか。……政蔵は武士だったと聞くが、何かあって、西川屋の主人におさまったのか」

源九郎が訊くと、その場にいた菅井と孫六も市造に顔をむけた。ふたりも、武士だった政蔵がどうして、ならず者たちの親分になったのか、知りたかったのだろう。

「詳しいことは知らねえが、親分は牢人で、たまたま薬研堀に来たとき、今の女将がならず者たちに絡まれているのを目にし、ならず者たちを峰打ちで仕留めて、女将を助けたそうでさァ。その後、女将が御礼のために親分を店に入れ、酒を飲ませたそうで……」

市造が、記憶をたどるように小首を傾げながら言った。はっきりしないこともあったのだろう。

「それが縁で、政蔵は西川屋に出入りするようになったのか」

源九郎が、念を押すように訊いた。

「そうでさァ。店に出入りしているうちに女将とできて、今のようになっちまったんでさァ」

そう言って、市造が薄笑いを浮かべた。

次に口を開く者がなく、その場が沈黙につつまれたとき、

「あっしの知っていることは、みんな話しやした。……旦那たちのことは黙ってやすから、行ってもいいですかい」

市造が、その場にいた源九郎たち三人に目をやって訊いた。

「行っても、いいぞ」

源九郎が、言った。市造は親分の政蔵に、源九郎たちのことを話さないだろうと思ったのだ。洗いざらい政蔵のことを話したことが知れれば、市造自身、生きてはいられないだろう。

「あっしも、しばらく西川屋に顔を出さねえ方がいいな」

市造はそうつぶやき、ひとり大川の方にむかった。

「さて、わしらは、どう動く」

源九郎が、その場にいた菅井と孫六に目をやって訊いた。

「千鳥橋の近くまで、行ってみやすか」

孫六が声をひそめて言った。

「小料理屋の桔梗か」

源九郎が言うと、孫六がうなずいた。

「これから行くのはどうかな。帰りが遅くなるかもしれん。どうだ、明日にしないか。政蔵は二、三日、桔梗にとどまるのではないか。……俺たちが西川屋を探るとみて、情婦のいる桔梗に身を隠したとみてもいい」

菅井が口を挟んだ。

「菅井の言うとおりだ。ここまでくれば、焦ることはない。明日、桔梗に行ってみよう」

源九郎が、菅井に目をやって言った。

三

翌朝、源九郎、菅井、孫六の三人は、いつもより早い朝飯を食ってから、それぞれの家を出た。三人がむかった先は、浜町堀にかかる千鳥橋の近くにある小料理屋の桔梗である。

源九郎たちは桔梗に行き、政蔵のことを探ったことがあったので、桔梗までの道筋は分かっていた。

源九郎たちは長屋を後にし、竪川沿いの通りにむかった。そして、大川にかかる両国橋を渡り、賑やかな両国広小路に出てから西にむかう通りに入った。その道を行けば、浜町堀にかかる汐見橋のたもとに出られる。

汐見橋のたもとに出ると、源九郎たちは、浜町堀沿いの道に入った。南方に、千鳥橋が見えた。そして、千鳥橋のたもとから堀沿いの道をさらに南に向かって歩き、見覚えのある八百屋の脇にある細い道に入った。

源九郎たちは、細い道沿いにある小料理屋の桔梗に目をやった。桔梗の女将のおよしが政蔵の情婦である。

「そこの空家の陰に、身を隠そう」

源九郎が、桔梗から半町ほど離れた道沿いにある空家を指差した。その空家は、以前源九郎たちが身を隠して、桔梗を見張った場所である。

源九郎たち三人は空家の陰に身を隠し、あらためて桔梗に目をやった。

「店のなかから、女と男の声が聞こえやす」

孫六が、小声で言った。

孫六の言うとおり、桔梗の店内から男と女の談笑の声が聞こえた。

「客が店の女将と話しているようだが、客は政蔵ではないな。男の物言いからみて、職人らしいが……」

菅井が言った。男の言葉遣いから、武士ではなく職人らしいことが知れたのだ。

「あっしが、ちょいと店のなかの様子を探ってきやす。旦那たちは、ここで待っていてくだせえ」

孫六はそう言い残し、空家の陰から出て、桔梗の出入り口に足をむけた。そして、源九郎たちから離れ、桔梗の戸口近くまで行くと、戸口の脇に身を寄せて、聞き耳をたてているようだった。店内の様子を探っているらしい。

いっときすると、孫六は戸口から離れ、源九郎たちのいる場に小走りにもどってきた。

「い、いやす！　政蔵が」

孫六が声をつまらせて言った。

「いたか！」

源九郎が、昂った声を上げた。

「へい、桔梗の店のなかで、女将らしい女が政蔵の旦那と呼んだのが、はっきりと聞こえやした」

「それなら、間違いない。政蔵も女将も、俺たちがこんなところまで探りにくるとは思わなかったのだな。それで、政蔵の名も口にしたのだろう」

菅井が、桔梗の戸口を見つめて言った。

「どうする、店に踏み込むか」

そう言って、源九郎がその場にいた男たちに目をやった。

「踏み込むのは、どうかな。……裏手に逃げ道があるかもしれない。ここで逃げられると、政蔵を討つのがむずかしくなるな」

菅井が首を傾げて言った。

「菅井の言うとおりだ。……うまく、政蔵を店の外に連れ出せるといいのだが

「……」

源九郎が首を捻った。

次に口を開く者がなく、その場が重苦しい沈黙につつまれたとき、

「あっしが、政蔵を外に呼び出しやす。……あっしのように刀も差していない男なら、政蔵も警戒しねえはずだ」

そう言って、孫六がその場を離れようとすると、

「孫六、無理をするな。……政蔵は伝兵衛店の者だと気付けば、情け容赦なく、斬り殺すぞ」

源九郎が声をかけた。

「無理はしやせん。……なに、西川屋の者に頼まれたとでも言って、外に呼び出しやす」

孫六はそう言い残し、ひとりで桔梗にむかった。

店の出入り口は、洒落た格子戸になっていた。孫六は格子戸の前に立ち、聞き耳をたてているようだったが、格子戸を半分ほど開けて首をつっ込んだ。そして、店内を見ていたが、

「政蔵の旦那！　大変ですぜ。……すぐに、店から出てくだせえ」

と、昂った声で言った。

店内がざわつき、男と女の昂った声や瀬戸物《せともの》の触れ合うような音が聞こえた。

声の主は、店内にいる客や女将らしい。

「おまえは、何者だ！」

男のどすの利いた声が聞こえた。

「あっしは、西川屋のおれんさんに頼まれて来たんでさァ」

孫六が言った。

「おれんに、頼まれただと！」

どすの利いた声の主は、政蔵らしい。

「そうでさァ。おれんさんが、近くまで来てやす。店が大変なことになっているので、帰《けえ》ってきてほしいと言ってやす」

孫六は政蔵を外に呼び出すために、作り話を口にした。

「いったい、何があったのだ」

政蔵は、傍らに置いてあった刀を手にして立ち上がった。

すると、そばにいた女将らしい女が、

「おまえさん、薬研堀に帰るのかい」

と、不安そうな顔をして訊いた。どうやら、この女が、情婦のおよしらしい。

「なに、様子を見に帰るだけだ。今日のうちに、この店にもどる」

政蔵はそう言い残し、孫六につづいて桔梗の戸口から出た。

四

政蔵は桔梗の戸口で足をとめ、

「おれんらしい女は、見当たらないが」

そう言って、店の表の通りに目をやった。顔に不審そうな表情がある。孫六の言うことが、にわかに信じられなかったのだろう。

「そこの空家の陰でさァ」

孫六は、源九郎たちが身を隠している空家を指差した。

「空家の陰だと」

政蔵はそう言って、桔梗の戸口からすこし離れ、空家に目をやった。

「そう言えば、空家の陰に誰かいるようだが……」

政蔵は空家に足をむけた。

孫六は、政蔵の脇に身を寄せたまま一緒に歩いていく。ふたりが空家に近付いたとき、ふいに、政蔵の足がとまった。

「おい、空家の陰に、ふたりいるぞ」

政蔵が、不審そうな顔をして言った。

「旦那、空家の陰にいるのは、おれんさんが連れてきた西川屋の女中でさァ。おれんさんは、ここに来るのに気を使いやしてね。……西川屋で雇っている女中を連れてきたんでさァ。店のことが心配で、ここに来たことを旦那に信じてもらうために、女中にも話してもらおうと思ったようですぜ」

孫六は、咄嗟に頭に浮かんだことを口にした。

「おれんが、女中を連れてきただと」

政蔵は首を傾げた。孫六が口にしたことを信じられなかったらしい。

「ともかく、おれんさんの顔を見てくだせえ。……顔を見れば、あっしの言ったことが、嘘ではないと分かりやすぜ」

そう言って、孫六は空家の方にむかった。政蔵は小首を傾げながら、孫六の後についていく。

孫六と政蔵が空家の前まで来ると、身を隠していた源九郎と菅井が通りに飛び出した。源九郎が政蔵の前に、菅井は背後に――。

「騙《だま》したな！」

政蔵が、源九郎と菅井を見て叫んだ。憤怒《ふんぬ》で顔が赤黒く染まり、歯を剝《む》き出し、目がつり上がっている。

「騙したわけではない。わしらが桔梗に踏み込むと、女将や客たちにも被害が及ぶからな。わしらが討ち取りたいのは、おぬしひとりだ」

源九郎が、政蔵を見据えて言った。いつになく、源九郎の顔には凄みがあった。双眸《そうぼう》が鋭いひかりを放っている。

「俺ひとりを、三人もで取り囲んで殺す気か！」

政蔵はそう言って、前に立った源九郎と背後にまわり込んだ菅井、それに、源九郎からすこし離れた場に立っている孫六に目をやった。

「おぬしの相手をするのは、わしひとりだ。背後にいる男と離れた場にいる男は、おぬしが逃げ出したとき、行く手を阻むためだ。……西川屋にいるときもそうだが、おぬしは逃げるのが、うまいからな。桔梗に身を隠していたのも、ほとぼりが冷めるまでわしらから逃げるためだろう」

源九郎が、いつになく強い口調で言った。

「おのれ！」

政蔵は、源九郎を見据えて刀を抜いた。前に立ち塞がった源九郎を討たねば、この場から逃げられないとみたのだろう。

「いくぞ！」

源九郎も抜刀した。

源九郎と政蔵の間合は、およそ二間半ほどあった。一間は、およそ六尺ほどである。真剣勝負としては、それほどの遠間ではない。

源九郎は正眼《せいがん》に構えた。刀の切っ先が、政蔵の目にむけられている。隙のない構えで、切っ先がそのまま政蔵の目に迫っていくような威圧感があった。

一方、政蔵は八相に構えた。政蔵の構えも、刀の柄を握った手を高くとっているせいもあって、上から覆い被さってくるような迫力がある。

……なかなかの遣い手だ！

源九郎は政蔵の八相の構えを見て、胸の内でつぶやいた。

ふたりは正眼と八相に構えたまま、すぐに仕掛けなかった。斬撃の気配を見せ、敵を気魄《きはく》で攻めながら対峙している。

どれほどの時間が過ぎたのか、ふたりには時間の経過の意識はなかった。

そのとき、空家の屋根にいた烏《からす》が、鳴き声を上げて飛び立った。その鳴き声で、源九郎と政蔵に斬撃の気がはしった。

タアッ！

トオッ！

鋭い気合いとともに、ふたりが斬り込んだ。

源九郎は正眼の構えから、刀をふりかぶりざま袈裟へ――。

政蔵は八相の構えから袈裟へ――。

袈裟と袈裟。ふたりの刀身が眼前で合致し、金属音とともに青火が散った。

ふたりは刀身を立て、手にした刀の柄を握りしめて身を寄せたまま動かなかった。ふたりとも、身を引きざま一太刀浴びせようと相手の隙を窺っている。

それから、どれほどの時間が経過したのか。ふたりに時間の経過の意識はなかった。

そのとき、政蔵の刀身がかすかに揺れた。次の一瞬、政蔵は身を引きざま、八相の構えから袈裟に斬り込んだ。ほぼ同時に、源九郎は刀身を横に払った。

政蔵の切っ先は、源九郎の肩先をかすめて空を切り、源九郎の切っ先は政蔵の右の二の腕あたりをとらえた。源九郎は一歩踏み込んで刀を払ったため、切っ先が政蔵の腕をとらえたのだ。

政蔵は手にした刀を取り落とし、二、三歩身を引いた。そして、逃げようとして反転した。

「逃がさぬ！」

源九郎は踏み込みざま、袈裟に切り込んだ。一瞬の太刀捌《たちさば》きである。

源九郎の刀の切っ先が、背をむけた政蔵の肩から背にかけて深く斬り下げた。

政蔵は背を反らせ、グッ、という呻き声を上げてよろめいた。露《あらわ》になった肩から血が、吹き出している。

政蔵は足がとまると両膝を折り、地面に尻餅をついた。苦しげな呻き声を上げている。

「とどめだ！」

源九郎は叫びざま、政蔵の心ノ臓を狙い、切っ先を突き刺した。

グワッ、という呻き声を上げ、政蔵は上半身を後ろに反らせた。そして、源九郎が突き刺した刀身を抜くと、政蔵はよろめき、腰から崩れるように後ろへ倒れた。政蔵は仰向けになったまま苦しげに顔をしかめ、体を震わせていたが、いっときすると、動かなくなった。絶命したようである。

「これで、始末がついたな」

源九郎はそう言って、刀身に付着した血を政蔵の袖で拭ってから納刀した。

「さすが、華町の旦那だ。強《つえ》えや」

孫六が感嘆の声を上げた。

「何とか、始末がついたな」

菅井が、ほっとしたような顔をして言った。

「長居は無用。長屋へ帰ろう」

源九郎は菅井と孫六に目をやって言った後、来た道を引き返した。菅井と孫六が慌てた様子で、源九郎の後からついてきた。

源九郎たち三人が、桔梗から半町ほど離れたとき、ふいに、後方で女の悲鳴が聞こえた。

源九郎が振り返って見ると、桔梗の近くにある空家のそばに、女将らしい年増と前掛けをしている男が立っていた。ふたりの前に、政蔵の死体が横たわっている。

「女は、政蔵の情婦《いろ》の女将ですぜ」

孫六が言った。

「男は板前らしいな。……ふたりで、政蔵の遺体を始末するだろうよ」

源九郎は振り返って見ただけで、足もとめなかった。

源九郎につづいて、菅井と孫六が足早に桔梗から離れていく。

五

四ツ（午前十時）ごろだろうか。源九郎は伝兵衛店と呼ばれる長屋の自分の家で、遅い朝飯を食べた後、座敷でひとり茶を飲んでいた。

源九郎たちが政蔵を討ち取って、三日経っていた。この間、源九郎はやることもなく、長屋で過ごすことが多かった。

そのとき、戸口に近付いてくる下駄の音が聞こえた。ふたりらしい。ふたつの下駄の音は、戸口で止まった。

「華町、いるか」

菅井の声が聞こえた。

「いるぞ。入ってくれ」

源九郎が声をかけると、すぐに腰高障子が開いた。姿を見せたのは、菅井と孫六である。

「ふたり一緒とは、珍しいな」

そう言って、源九郎はふたりを座敷に上げた。

「何かあったのか」

源九郎が訊いた。

「長屋の井戸端で、お熊と顔を合わせてな。お熊が言うには、これからおしのとおせんのふたりが、母親と一緒に華町の家に礼に行くので、おれと孫六も、華町の家にいてもらえないか、と言われてな。ふたりして、来たわけだ」

菅井が照れたような顔をして言うと、

「あっしが、長屋の路地木戸のところで、お熊と顔を合わせたとき、華町の旦那や菅井の旦那が、西川屋の主人の政蔵を討ち取ったので、心配することはもう何もないと話してやったんでさァ」

孫六が、そう言って相好《そうごう》を崩した。

「そうか。ともかく、上がってくれ」

源九郎は菅井と孫六を座敷に上げ、

「わしら三人だけで、長屋の者たちに礼を言われてもいいのかな。わしらの仲間には、他に四人もいるが……」

と言って、戸惑うような顔をした。

源九郎たちの仲間には、他に四人いる。はぐれ長屋の用心棒と呼ばれる七人の男である。ただ、かならず七人とも同じ事件にかかわって、一緒に動くわけではなかった。長屋の住人が、それほど大きな事件にかかわることは滅多になかったし、事件によっては大勢だと足手纏いになることもあったからだ。

「後で、安田たちにも話し、七人で一杯やればいい」

菅井が言うと、

「亀楽で、一杯やりやしょう！」

孫六が、声高に言った。

「そうだな。後で他の四人に話して、亀楽で飲もう」

源九郎も七人で一杯飲み、改めて此度の事件のことを他の仲間に話そうと思った。

源九郎たち三人が、そんな話をしていると、戸口に近付いてくる何人もの足音が聞こえた。足音は、戸口の前でとまり、

「華町の旦那、いますか」

と、お熊の声がした。どうやら、長屋の女たちの世話役でもあるお熊が、おしのたち四人を連れて来たらしい。

「いるぞ、入ってくれ」

源九郎が声をかけた。

すると、戸口の腰高障子が開き、五人の女が姿を見せた。お熊、源九郎たちに助けられたと言ってもいいおしのとおせん、それに、ふたりの娘の母親である。

ふたりの娘の母親は、ちいさな風呂敷包みを手にしていた。

五人の女は、戸口から土間へ入ってきた。そして、女たちは座敷にいる源九郎たちに頭を下げた後、

「華町さまたちのお蔭で、娘が帰ってきました。この御恩は、終生《しゅうせい》忘れません」

と、おしのの母親が言った。

すると、おせんの脇に立っていた母親が、

「これは、ふたりの娘を助けていただいた御礼です。華町さまたちが、西川屋の主人を討ち取ってくれたと聞いて、改めて御礼に伺ったのです」

そう言って、手にした袱紗《ふくさ》包《づつ》みを座敷にいる源九郎たちの前に置いた。何か金目の物が包んであるらしい。

「い、いや、わしらは、当然のことをしただけだ。長屋に住む者は、みんな家族と一緒だからな」

源九郎が慌てた様子で言うと、そばにいた菅井と孫六がうなずいた。

「そう言っていただけると、家族の者もほっとします。この長屋に、華町さまたちと一緒に住んでいてよかったと思います」

おしのの母親が言うと、そばに立っていた他の四人の女が、顔を見合って頷きあった。

「わしらも、この長屋に住んでいることを誇りに思っている。これからも、長屋の者はみんな家族だと思って暮らすつもりだ」

源九郎がそう言うと、

「あっしも、家族のひとりですぜ」

と、孫六が口を挟んだ。

孫六の脇に座していた菅井が、苦笑いを浮かべてうなずいた。

それから、女たちは土間に立ったまましばらくいっとき話し、

「華町さまたちと同じ長屋で暮らすことができ、本当に良かったと思います」

と、おしのの母親がふたたび言い、五人の女は、あらためて源九郎たち三人に頭を下げてから、戸口から出ていった。

女たちの足音が聞こえなくなると、孫六が袱紗包みを開いた。

「金《かね》ですぜ！」

中身を確認した孫六が声を上げた。

小判はなかった。一分銀や一朱銀が多く、百文銭もあった。おしのとおせんの親たちの有り金と、親戚筋などから集めた貨幣をつつんだのであろう。

「これは、長屋に住む仲間たちがくれた金だ。わしらも、ここにいる三人だけでなく、他の仲間にも話して、一緒に飲まないか」

源九郎が、菅井に目をやって言った。

「一緒に飲みやしょう！」

孫六が声を上げた。

「場所は亀楽だ！」

菅井が言い添えた。亀楽は仲間たちの集まる酒屋であり、一杯やる馴染みの店でもあった。

源九郎は、孫六と菅井に目をやってうなずいた。胸の内には、これで事件は片付いたという安堵があった。

本作品は、書き下ろしです。

双葉文庫

と-12-65

はぐれ長屋《ながや》の用心棒《ようじんぼう》

長屋《ながや》の花《はな》を散《ち》らすな

2022年7月17日　第1刷発行

【著者】
鳥羽亮《とばりよう》

【発行者】
箕浦克史
【発行所】
株式会社双葉社
〒162-8540 東京都新宿区東五軒町3番28号
［電話］03-5261-4818(営業部)　03-5261-4833(編集部)
www.futabasha.co.jp(双葉社の書籍・コミックが買えます)
【印刷所】
中央精版印刷株式会社
【製本所】
中央精版印刷株式会社

【フォーマット・デザイン】
日下潤一

ISBN978-4-575-67116-2 C0193
Printed in Japan

井原忠政
三河雑兵心得
足軽仁義
戦国時代小説
〈書き下ろし〉
苦労人、家康の天下統一の陰で、もっと苦労した男たちがいた！　村を飛び出した十七歳の茂兵衛は松平家康に仕えることになるが……。

井原忠政
三河雑兵心得
旗指足軽仁義
戦国時代小説
〈書き下ろし〉
三河を平定し、戦国大名としての地歩を固めた家康。猛将・本多忠勝の麾下で修羅場をくぐる茂兵衛は武士として成長していく。

井原忠政
三河雑兵心得
足軽小頭仁義
戦国時代小説
〈書き下ろし〉
迫りくる武田信玄との戦い。家康生涯最大のピンチ、三方ヶ原の戦いが幕を開ける。怯むな茂兵衛、ここが正念場！　シリーズ第三弾。

井原忠政
三河雑兵心得
弓組寄騎仁義
戦国時代小説
〈書き下ろし〉
大敗から一年、再び武田が攻めてきた。決戦の地は長篠。ついに、最強の敵と雌雄を決する時が迫る。それ行け茂兵衛、武田へ倍返しだ！

井原忠政
三河雑兵心得
砦番仁義
戦国時代小説
〈書き下ろし〉
武田軍の補給路の寸断を命じられた茂兵衛は、森に籠って荷駄隊への襲撃を指揮することに。戦国足軽出世物語、第五弾！

井原忠政
三河雑兵心得
鉄砲大将仁義
戦国時代小説
〈書き下ろし〉
信長の号令一下、甲州征伐が始まった。徳川に寝返った穴山梅雪の妻子を脱出させるため、茂兵衛は武田の本国・甲斐に潜入するが……。

井原忠政
三河雑兵心得
伊賀越仁義
戦国時代小説
〈書き下ろし〉
信長、本能寺に死す！　敵中突破をはかる家康一行の殿軍についた茂兵衛、伊賀路を越えられるのか!?　大人気シリーズ第七弾！

井原忠政
小牧長久手仁義
三河雑兵心得
戦国時代小説〈書き下ろし〉

秀吉との対決へ気勢を上げる家臣団に頭を悩ませる家康。信長なき世をめぐり事態は風雲急を告げ、茂兵衛たちは新たな戦いに身を投じる!

井原忠政
上田合戦仁義
三河雑兵心得
戦国時代小説〈書き下ろし〉

沼田領の帰属を巡って、真田昌幸が徳川に反旗を翻した。たかが小勢力と侮った徳川勢は、昌幸の奸計に陥り、壊滅的な敗北を喫し……。

金子成人
かみなりお勝
ごんげん長屋つれづれ帖【一】
長編時代小説〈書き下ろし〉

根津権現門前町の裏店を舞台に、長屋の人情や親子の情をたっぷり描く、くすりと笑えてほろりと泣ける傑作人情シリーズ、注目の第一弾!

金子成人
ゆく年に
ごんげん長屋つれづれ帖【二】
長編時代小説〈書き下ろし〉

長屋の住人で、身重のおたかが倒れてしまった。周囲の世話でなんとか快方に向かうが、亭主の国松は意外な決断を下す。落涙必至の第二弾!

金子成人
望郷の譜《ふ》
ごんげん長屋つれづれ帖【三】
長編時代小説〈書き下ろし〉

長屋の住人たちを温かく見守る彦次郎とおよしの夫婦。穏やかな笑顔の裏には、哀しい過去が秘められていた。傑作人情シリーズ第三弾!

金子成人
迎《むか》え提灯《ちょうちん》
ごんげん長屋つれづれ帖【四】
長編時代小説〈書き下ろし〉

お勝の下の娘お妙は、旗本の姫様だった!? 我が子に持ち上がった思いもよらぬ話に、お勝の心はかき乱されて——。人気シリーズ第四弾!

坂岡真
駆込み女
はぐれ又兵衛例繰控《れいくりびかえ》【一】
長編時代小説〈書き下ろし〉

南町の内勤与力、天下無双の影裁き!「はぐれ」と呼ばれる例繰方与力が頼れる相棒と悪党退治に乗りだす。令和最強の新シリーズ開幕!

坂岡真
はぐれ又兵衛例繰控《れいくりびかえ》【二】
鯖断《さばだ》ち
長編時代小説〈書き下ろし〉
長元坊に老婆殺しの疑いが掛かった。南町の協力を得られぬなか、窮地の友を救うべく奔走する又兵衛のまえに、大きな壁が立ちはだかる。

坂岡真
はぐれ又兵衛例繰控《れいくりびかえ》【三】
目白鮫《めじろざめ》
長編時代小説〈書き下ろし〉
前夫との再会を機に姿を消した妻静香。捕縛した盗賊の疑惑の牢破り。すべての因縁に決着をつけるべく、又兵衛が決死の闘いに挑む。

坂岡真
はぐれ又兵衛例繰控《れいくりびかえ》【四】
密命にあらず
長編時代小説〈書き下ろし〉
非業の死を遂げた父の事件の陰には思わぬ事実が隠されていた。父から受け継いだ宝刀和泉守兼定と矜持を携え、又兵衛が死地におもむく！

坂岡真
はぐれ又兵衛例繰控《れいくりびかえ》【五】
死してなお
長編時代小説〈書き下ろし〉
殺された札差の屍骸のそばに遺された、又兵衛の義父、都築主税の銘刀。その陰には、気高く生きる男の、熱きおもいがあった――。

芝村凉也
北の御番所 反骨日録【一】
春の雪
長編時代小説〈書き下ろし〉
男やもめの屁理屈屋、道理に合わなければ上役にも臆せず物申す用部屋手附同心・裄沢広二郎の奮闘を描く、期待の新シリーズ第一弾。

芝村凉也
北の御番所 反骨日録【二】
雷鳴
長編時代小説〈書き下ろし〉
深川で菓子屋の主が旗本家の用人に無礼討ちにされた。この一件の始末に納得のいかない同心の裄沢は独自に探索を開始する。

芝村凉也
北の御番所 反骨日録【三】
蟬時雨
長編時代小説〈書き下ろし〉
療養を余儀なくされた来合に代わって定町廻りのお役に就いた裄沢広二郎の前に現れた人足姿の男。人目を忍ぶその男は、敵か、味方か⁉

芝村涼也

北の御番所 反骨日録【四】
狐祝言《きつねしゅうげん》

長編時代小説
〈書き下ろし〉

盟友の来合轟次郎と美也の祝言を目前に控え、段取りを進める裄沢広二郎。だが、その二人の門出を邪魔しようとする人物が現れ……。

馳月基矢《はせつきもとや》

拙者、妹がおりまして①

長編時代小説
〈書き下ろし〉

学問優秀、剣の達者、弱点……妹!? 本所に住まう小普請組の兄妹を中心に、悩み深き若者たちの成長を爽やかに描く、青春シリーズ開幕!

馳月基矢《はせつきもとや》

拙者、妹がおりまして②

長編時代小説
〈書き下ろし〉

おなごばかりを狙う女盗人が現れた。岡っ引きの山蔵親分から囮役を頼まれた千紘は危険な捕物に加わることになり——。シリーズ第2弾!

馳月基矢《はせつきもとや》

拙者、妹がおりまして③

長編時代小説
〈書き下ろし〉

親友の龍治と妹の千紘の秘めた想いを知った勇実。思わぬ成り行きに戸惑うなか、白瀧家の屋敷に怪しい影が忍び寄る。シリーズ第3弾!

馳月基矢《はせつきもとや》

拙者、妹がおりまして④

長編時代小説
〈書き下ろし〉

勇実とかつて恋仲だったという女が白瀧家を訪ねてきた。驚いた千紘はすげなく追い返してしまう。勇実の心は? 人気時代シリーズ第4弾!

馳月基矢《はせつきもとや》

拙者、妹がおりまして⑤

長編時代小説
〈書き下ろし〉

手負いの吉三郎は生きていた。復讐に利用するため、おえんに接近する。傷つきながら成長する「江戸の青春群像」時代小説、第5弾!

馳月基矢《はせつきもとや》

拙者、妹がおりまして⑥

長編時代小説
〈書き下ろし〉

人生において、誰の手を取るのか。春を迎え、収録四話のすべてにそれぞれ違う恋の話が咲いています。絶好調書き下ろし時代シリーズ!